一分咲
Illust.
八美☆わん
顔だけ聖女なのに、死に戻ったら
冷酷だった公爵様の本音が甘すぎます！

エステル
・シャルリエ
オリオール王国の聖女。
とても美しい容姿を
しているが、
魔力量が少ないため
『顔だけ聖女』と
呼ばれている。
（今、どう考えてもおかしい
言葉が聞こえたような）

「俺は初めて会ったときから
ずっと、君が好きすぎるんだ」
ルシアン
・クラルティ
公爵位を持つオリオール
王国・第二王子。
エステルへの気持ちが
本人にだだ漏れになる
呪いにかかっている。

「俺はずっと伝えてきたつもりだ。あと何秒待てばいい？」

顔だけ聖女なのに、死に戻ったら冷酷だった公爵様の本音が甘すぎます！

一分咲

Ill. 八美☆わん

Kaodake Seijo nanoni
shinimodottara reikoku datta Koushakusama
no Honne ga amasugimasu!

Kaodake Seijo nanoni shinimodottara

reikoku datta

Koushakusama no Honne ga amasugimasu!

Contents

プロローグ

王都のはずれ、周囲を木々と花々に囲まれた、真っ白なレンガがかわいいカフェ。

「ねえ。お姉様の婚約者を私にくださいな」

悪びれる風でもなく『ケーキをひとつ下さい』と注文するのと同じようなノリで告げてくる義理の妹に、エステルは接客用のトレーを握りしめ瞬いた。

「アイヴィー。何をふざけたことを言っているの。それに、もう私に婚約者なんていないわ」

「嘘よ。私、知ってるの。お姉様が家を追い出された後も、ここに第二王子殿下が通っているってこと。ねえ、どうやって誑《たぶら》かしたの？」

「……た、誑かす」

眉間に皺を寄せ呆気に取られたエステルだったが、義妹は気に留める様子もない。

「〝顔だけ聖女〟に夢中になるなんて、第二王子殿下・ルシアン様は随分と変わった趣味をしているのね。それにしても、お姉様が平民みたいにして働いているっていうからどんなものかと思ったのだけれど……このお店、悪くないわ」

「アイヴィー。そろそろ帰ってもらえるかしら。私、ランチタイムの準備がしたいの」

モーニングが終わってランチタイムが始まるまでのこの時間帯は、一時的に客がいなくなる。

今も店内にいるのはエステルと義妹のアイヴィーだけだった。

国民に純真無垢な聖女として愛されるアイヴィーは、自分の本性がほかの客に知られることがないよう、わざわざこの時間を狙ってきたのだろう。

エステルの精一杯の警告を無視して、アイヴィーは意地悪く微笑んだ。

「そうだわ！　ねえ。ルシアン様だけじゃなく、ここも私がもらってあげる。そうしたらお姉様はまた私の下になるでしょう？　うちにいた頃みたいに」

「……！」

まるでエステルの生家を自分の家扱いするアイヴィーの言葉に、エステルはため息をつく。

こんなのはいつものことだが、まともに相手をするだけ自分の精神が擦り減ってしまう。

（このカフェは、私がシャルリエ伯爵家を出て行かないといけなくなったとき、生活費代わりにもらったものなのに……アイヴィーは何でも手に入って当然だと思っているのね）

そう思った途端、カランと音がしてカフェの中に暗雲が立ち込めた。

あ、いけない、と思って慌てて入口に視線をやると、一人の青年が立っていた。

目を惹く煌びやかなブロンドヘアと、僅かに青みがかったグレーの瞳。

離れていても、ハッとするほどに整った容姿とオーラの持ち主である。

ちなみに、暗雲というのはリアルな暗雲のことであって雰囲気が悪いとかそういった類いの比喩ではない。

大体にして、雰囲気が悪いのはアイヴィーが無理やり訪ねてきた三十分前からずっとだ。今さら気にすることではなかった。

けれど、この暗雲はまずい。エステルの平穏が脅かされる可能性があるので、何としてでも阻止せねばなるまい。

（何てタイミングが悪いの……！）

不幸中の幸い、アイヴィーはおしゃべりに夢中になっていて彼が来店した音が耳に入らなかったようだ。

こちらを睨みつける青年に向かい、慌てて手で〝待て〟のジェスチャーをしたエステルは、アイヴィーを本格的に追い返しにかかった。

「と、とにかく、今日は忙しいの。向こうの裏口からもう帰って。そしてできればもう二度と来ないでくれるかしら？」

「裏口から帰れなんてひどい……。せっかく遊びにきたのにどうしてそんなことを言うの？　お姉様って冷たいのよね。いくら私の方が聖女にふさわしいと言われたからって、こんな仕打ちありえないわ。お父様に言いつけてやるんだから。……ていうか、この黒いもやは何なのよ!?　視界が悪いわ!?」

アイヴィーのキンキン声が響くと同時に、さらに黒いもやは濃くなっていく。

もう、時間的な猶予はなかった。

手だけで裏口を指し示していたエステルは、図々しい義妹の背中を押して本格的に追い出しにかかる。

「さっき焼いていたケーキが焦げたのかもしれないわ。本当にもう帰って！」

「全然焦げ臭くないけど!?　い、痛い！　押さないで！」

「ご来店ありがとうございました〜！　どうかもうお越しいただけないことを切にお祈りして！」

エステルはアイヴィーを何とか押し出して、バタンと扉を閉め鍵をかける。

外でギャアギャア言う声が聞こえたが、それどころではない。

問題はこっちだ。

扉にかけた鍵を今一度確認し直したエステルがはぁと息を吐くと、暗雲の発生源から低く不満そうな声が響いた。

「……焦げではないんだが」

それは、たった今まで義妹アイヴィーが譲ってくれと強請っていた王子殿下張本人――ルシアンだった。

明らかに仏頂面なルシアンに対し、エステルはげんなりして首を振った。

「ルシアン様、このお店の中で闇魔法を展開されては困ります。この国で闇魔法を使えるのはルシアン様おひとりということになっています。あなたがここに入り浸っていると知られたら面倒なことになるので、どうか自重していただけないと」

「俺はここに通っていることを知られても痛くも痒くもないが。それに消し去ればいいだろう、あんなの。エステルのためなら、それぐらい俺はなんてことないが？」

「消し去る」

（それはさすがに……）

この国で聖女扱いされている義妹を抹殺しようとする第二王子に、くらりと眩暈がする。ルシアンの顔色は良好だし嘘はついていないらしいのがまた恐ろしかった。

ルシアンは我関せずという素振りで近くの椅子に座った。彼はただカフェに入ってきて不機嫌そうに席についただけなのに、どうしてこんなに絵になるのだろうか。

エステルの脳裏には思い浮かぶ。

――死に戻った日、彼が「君が好きすぎてつらい」と訳のわからない言葉を告げにきた日のことが。

第一章

死に戻りました

Chapter 1

エステルには誰にも明かしていない秘密がある。

それは、エステルはかつて死んだことがあり、この人生が二度目ということだ。

——一度目の人生、エステルの運命は散々なものだった。

◇

十八年前、エステル・シャルリエはオリオール王国で聖女を多く輩出するシャルリエ伯爵家の長女として生まれた。

裕福で名誉ある実家と、優しい両親、妹想いの二人の兄。これ以上ない恵まれた環境で慈しまれ、エステルは純真無垢にすくすくと育った。

エステルの濡れたような艶を放つキャラメル色のストレートヘアと鮮やかなピンクサファイアの瞳は、ひと目見た者が言葉を失うほどの美しさ。

子どもながらにして、かつての名高い聖女様の再来と表現されることもあった。

歴史に名を残した聖女たちは皆美しく、神殿や街中には銅像が置かれている。

先人たちに遜色のない外見を持つエステルは当然聖女になるという将来を約束され、十歳になる前に第二王子・ルシアンと婚約した。

エステルを待つ未来は、同年代のどんな高貴な令嬢よりも輝かしいものになるはずだった。

――その出会いがあるまでは。

風向きが変わり始めたのは、エステルが七歳のある日のこと。

その日、エステルは母親と二人の兄と一緒に、少し離れた森へとピクニックに出かけた。

そこで見つけたのだ。

自分と同じぐらいの年齢の少女が、ひとりでふらふらと歩いているのを。

「……お母様。森の中に誰かいるわ。私よりも少しだけ小さな女の子」

「あら、本当ね」

近づいてみると、その少女は無邪気に話しかけてきた。

もしゃもしゃの赤毛に淡いミントグリーンの瞳。痩せこけて顔は汚れていたが、目鼻立ちが整っているのはすぐにわかった。

くるくると変わる表情がかわいらしく、目を引く少女だった。

天真爛漫に「おなかがすいたなあ」と話しかけてきて、家まで送りましょうと答えれば「おうちはないの」と笑う少女にエステルの母親は同情したようだった。

アイヴィーと名乗った少女をシャルリエ伯爵家に連れて帰ることにした。

家へと向かう馬車の中、少女はエステルの母親の膝に座り、エステルのお弁当をポロポロとこぼしながら食べる。

十一歳の長兄はそれを見て眉をひそめたが、すぐに母親によって叱られた。

エステルは目を丸くして新しいサンドイッチを差し出す。

ひったくるようにして手を離れたそのサンドイッチは、またぽろぽろとこぼれてエステルの母親のドレスを汚した。

けれど、もう誰もそれを窘《たしな》めることはなかった。

エステルは後日知ったことだが、アイヴィーは近くの孤児院から脱走して森を彷徨っていたところだったらしい。

そこを運良くエステルの母親に拾われたのだ。

慈悲深かったシャルリエ伯爵夫妻はアイヴィーを引き取り、家族の一員とした。

家で一番年下だったエステルは、妹ができてとてもうれしかったことを覚えている。

アイヴィーを養子としてシャルリエ伯爵家に迎え入れた両親は、彼女を本当の娘のようにして育てることに決め、アイヴィーにエステルと同じものを与えた。

ドレスも宝石も教養も礼儀作法も全部、伯爵令嬢であり将来は王族になる長女と遜色のないものを。

孤児院育ちのアイヴィーへの同情からの振る舞いに違いなかったが、エステルをかわいがる長兄は無愛想にそれを見ていた。

けれど、エステルの両親は不満を口にすることすら許さない。

二人の娘への平等さがエスカレートしていく中、ただひとつだけ、同じものを与えることができなかったのは――。

それがエステルの持つ〝未来の聖女〟であり〝第二王子・ルシアンの婚約者〟という地位だ。

エステルが十歳、アイヴィーが九歳の頃、妹はその不公平さに気がついたようだった。

「……エステルお姉様はいつも神殿に行くのね。知っているわ。綺麗なドレスを着て、たくさんの人に手を振るのでしょう？」

「アイヴィー。私は将来のためにお勉強をしに行っているの。……そうだわ！　今度教わってきたことを教えてあげるわね！」

「……勉強なんて嫌よ。私はただ綺麗なドレスを着て、みんなに褒められたいの」

「そうなの？」

ぷうと頬を膨らませる愛らしい妹を家族全員で慰めつつ、エステルは何となく首を傾げた。

自分に与えられるものは全部、誰かのためだと思っていた。

綺麗なドレスは伯爵令嬢であり、第二王子の婚約者としての品位を守るためのもの。王子妃教育も、聖女としての教育も、全部オリオール王国に仕えるためのもの。

なんだかしっくりこないエステルの目の前で、その日、初めてアイヴィーにだけ新しいドレスが与えられた。

エステルと同じものを手にできないかわいそうなアイヴィーを慰めるためである。

はしゃぐ義理の妹と満足そうな両親を見つめながら、エステルは不思議な違和感を覚えたものの、何も言えなかった。

だってまだ子どもだったし、アイヴィーは大切な家族の一員で、かわいい妹だったから。


大事件が起きたのは、それから数年後のことだった。

オリオール王国では一人が一つの属性に適性を持ち、魔法を扱える。

属性には火・水・風・土のほか稀な属性として光や闇があり、特に後半の二つに関しては適性を示すものが極めて少ない。

シャルリエ伯爵家が代々聖女を輩出してきたのは、皆がもれなく光属性の魔力を持っていたからだった。

聖女とは光属性の魔力を使い定期的に発生する瘴気《しょうき》を浄化できる女性のこと。仮に複数の適任者がいた場合、家格が優先される。

確かに、エステルも誕生時には光属性の魔力を持つことが確認された。

魔力量は成長してみないとわからないが、由緒正しいシャルリエ伯爵家の生まれである。

神々しい外見も手伝って、将来は聖女になる以外ありえないと思われていた。

けれど、なぜかエステルには光属性の魔力がわずかしかないことが判明したのだ。

偶然神殿でそれを知ってしまった日、エステルは肩を落として母親に問いかけた。

「お母様。私には光属性の魔力がないのでしょうか……？」

「あるわ。でもね、あるけれどほんの少しなのですって。でも大丈夫よ。聖女としてのお仕事をこなすのにちょっと時間がかかるだけ。エステルの地位は変わらないわ」

母親が言う通り、魔力量が少なくてもそこまで問題はないはずだった。しかし、家族の落胆は相当なもので。

――そんな中、義妹・アイヴィーにも光属性の魔力があることが明らかになったのだった。


きっかけはエステルと一緒に神殿に行ったこと。

エステルの見よう見まねで瘴気を浄化する呪文を唱えてみたところ、極めて大規模な光属性魔法が発動したのだ。

光属性の魔力を持つというだけで珍しいのに、後ろ盾は聖女を輩出するシャルリエ伯爵家で、しかも魔力量が豊富。

一瞬で周囲の目の色が変わったことは想像に難くない。

たった一日で、エステルとアイヴィーの扱いは逆転した。

長兄だけはエステルを気にかけてくれたが、家族は皆、新しい希望の存在にわかりやすく浮かれていた。

かつて、エステルの頭を撫で『でも大丈夫よ。聖女としてのお仕事をこなすのにちょっと時間がかかるだけ。エステルの地位は変わらないわ』と言ってくれた母親ですらも。

◇

それから数年後。

十八歳になったエステルは馬車に乗り、辺境の地にある修道院へと向かっていた。

外はひどい雨と雷。しかも夜である。

こんな天候の中を馬車で移動するなんて、一般的な貴族令嬢の常識から見ると信じられないことだ。

クッションが硬い簡素な馬車の中で揺れに身を任せながら、エステルはため息をつく。

(修道院へ入るのはずっと前から決まっていたことだけれど、アイヴィーが今日行くように言ったのだもの。シャルリエ伯爵家ではアイヴィーの意見が絶対だわ。無事にたどり着けるか心配だけれど、祈るしかないわ)

豊富な光属性の魔力を持つ義妹・アイヴィーは、成長しオリオール王国の聖女となった。

その一方で、未来の聖女として育てられてきたエステルは周囲からの好奇の視線をかわすべく、シャルリエ伯爵家に籠って過ごすことを余儀なくされた。

エステルとしては聖女候補でなくなっても普通に生活したかったのだが、両親がそれを許さなかったのだ。

シャルリエ伯爵家でのこれまでを振り返って、ひとつため息をつく。そこでドレスの華やかな刺繍が目に入る。

今日身に纏っているドレスは久しぶりに袖を通した外出用のドレスだ。ドレスはどれもエステルのサイズぴったりに仕立てられたはずだったが、これは袖のところが幾分余っている。家から出してもらえなくなって、ストレスで少し痩せてしまったようだ。

（『かわいそうなエステル』はいつしか隠されるべき存在だったものね。それにしても、こんな夜に悪天候にまぎれて出発させられるなんて）

馬車の窓にかかるカーテンを閉じ、拳をぎゅっと握る。

いつもは何事も前向きにとらえようと頑張っているけれど、今日ばかりは嫌な感じがして落ち着かなかった。

エステルが祈るように体を折ると、昨日短く切り揃えた髪の毛が襟元にちくちくと刺さる。慣れない感覚にますます不安が増していく。

そこでふと、婚約者のことが思い浮かんだ。

（私の髪……ルシアン殿下が褒めてくださったことがあったわ。いつも無愛想なのに）

聖女候補の交代が決まってからも、エステルの婚約者が替わることはなかった。

アイヴィーはそれが不満だったらしいが、王族と結婚するとなるとさすがに生まれを重視するらしい。

義妹がどんなに泣いても喚いても、ルシアンはアイヴィーのものになってはいない。

（だからこそ、私はこうして修道院へと行かされることになったわけだけれどね）

アイヴィーの癇癪に困り果てた両親は、エステルがシャルリエ伯爵家を出ていけば王家の意思も変わると踏んだのだろう。

いつの間にか修道院に入ることになったエステルは、こうして嵐の日に家から放り出されたのだ。

「修道院へ行くことが決まった後も、ルシアン殿下に事前に手紙を出すことは許されなかった。アイヴィーと立場が入れ替わってからも変わらずに接してくれたルシアン殿下には、本当に申し訳ないわ……」

罪悪感を口にしてみたものの、エステルとルシアンは仲良しではない。むしろ会ってもほとんど会話を交わすことがない形式上の関係にすぎなかった。

それは、エステルが聖女でなくなってからも変わらなかった。

両親によってシャルリエ伯爵家に閉じ込められたエステルのもとに、ルシアンはいつだって同じように会いに来た。

けれど会話はない。無愛想にお茶を飲んで帰っていく。

(ルシアン殿下は冷酷そうだと言われることはあるけれど、それでも甘いルックスで社交界の人気者なのよね。私とは形式的な関係だったけれど……でもそうかと思えば頻繁に会いに来る。不思議なお方だったわ)

しかし、その婚約者としての人生ももう終わりなのだ。

ほんの少しだけ感傷に浸りながら短くなった髪に手をやった瞬間、馬のいななきが聞こえて馬車が急停車した。

がくん、という衝撃にエステルは馬車の座席から滑り落ちる。

(何⁉)

一体何があったのだ、と震えるエステルの耳に御者の悲鳴や人々が争う声が聞こえてきた。

どうやら、馬車が誰かに襲われているらしい。

(この馬車に護衛はいないわ。襲われてはひとたまりもない)

エステルは恐怖に震え、歯がガチガチと音を鳴らす。

信じたくはないが、予想は当たっているようだ。内側から鍵をかけていた扉を乱暴に開けようとする気配がして、見知らぬ男たちの声が響く。

「エステル嬢は中か！」

「ああ。護衛をつけないなんてな。あの聖女——アイヴィーからの依頼は簡単だったな」

聞こえてきた会話の内容にエステルは驚愕した。

(まさかこれはアイヴィーの命令なの⁉)

どうやらこの襲撃の狙いは自分で、しかも依頼者は妹のアイヴィーらしい。けれど、エステルには震えることしかできない。

エステルには、聖女として十分な力はおろか身を守る魔法すらもないのだ。

そのせいでこうして辺境の地に向かわされることになってしまったのだから。

(私の人生はここで終わり、なの……？)

馬車の扉が開くのは時間の問題だ。それもあとわずか数秒後のことだろう。

扉の隙間から黒い夜霧が入り込んでくる。

明かりがついているとはいえ、夜霧はこんなに色が見えるものなのだろうか。緊急事態に、本当にどうでもいいことを考えてしまった。

馬車の扉の取手がゆっくりと動く。

まもなく扉が開くことを悟ってエステルはぎゅっと目を閉じた。

外気が流れ込んできて、まるで小動物をいたぶるような刺客の楽しげな声と、まっすぐに自分へと向かう鋭利な殺気を感じる。

あまりの恐怖に息ができず気が遠くなっていく。

どこか遠くの方から覚えのある声が聞こえたような。

けれど、確かめる前に世界は暗転した。


――それが、エステルの一度目の人生で最後の記憶だった。

◇

目が覚めると、いつもの朝だった。

「……!?」

シャルリエ伯爵家のベッドの上。がばりと体を起こして両頬をペチペチと叩いたエステルは、それ以上動けずにいた。

（あれ？　私……どうして？）

ぐっしょりと汗をかいているが、それが逆に現実感がある。

（私、さっきまで馬車に乗っていて、アイヴィーが差し向けた刺客に襲われて、それで……）

考えただけで背筋が寒くなった。拳をぎゅっと握ってみると、爪が手のひらに食いこんで痛い。

どうやら、きちんと目は覚めているようである。

「今見たのは夢だった……？」

もし夢だったとしても、ずいぶんとリアル過ぎやしないだろうか。

ショックから抜け出せずにいると、扉が開いて侍女が顔を出した。

「エステルお嬢様、おはようございます」

「……お、おはよう……」

「今日は神殿にお出かけの予定がございますね。専用の服を用意しております」

（…………）

何気ない、けれど懐かしい言葉にエステルは首を傾げた。

「……神殿用の服、かしら？」

「はい。クローゼット前にかけてございます」

「……」

エステルはもう神殿に赴く必要はないのに、おかしな話である。

なぜならこの国で聖女といえば義妹のアイヴィーなのだ。

一年前、エステルは聖女の地位を追われた。

ずっと、自分を『顔だけ聖女』——外見だけかつての有名な聖女にそっくりの『名ばかりの聖女だ』と揶揄する声があることは知っていた。

だから、義妹と聖女を交代してほしいと両親に告げられたときは絶望するというよりはホッとしてしまった。

ものすごく申し訳なさそうな表情をしている両親の手前、喜ぶことはできなかったけれど。

やはり、自分はまだ夢の世界にいるのだろうか。

そう思ったエステルは、今度は両手で両頬を掴みぎゅっと抓ってみる。

（い……痛いわ……）

奇妙な行動を取るエステルを見て、侍女は不思議そうな顔をしている。

そして櫛を取り出して微笑んだ。

「珍しいですね。エステルお嬢様がすっきり目覚められないなんて。あ、先にベッドの上で髪を梳かしてしまいましょうか！」

「ええと、でも」

修道院へ行くためにエステルは肩上で髪を切った。

髪を梳かすのに侍女の手伝いは必要がない。

そう思って断ろうとしたものの、ないはずのものが手に触れて固まった。

（……あら？）

「私の髪が、ちゃんとあるわ？」

「ふふ。エステルお嬢様の髪は本当にお綺麗ですよね。この艶やかな髪のお手入れをさせてもらえることが私の毎日の楽しみです」

侍女はニコニコと微笑みながらエステルのキャラメル色の髪を梳いていく。

さっき見たリアルな夢と現実の境目がいよいよわからなくなってくる。ぼうっとしたまま、エステルは問いかけた。

「……ねえ。おかしなことを聞いてもいいかしら……」

「はい、何なりと」

「今って、オリオール暦一一三五年の春の初月よね？」

「ふふっ。何を仰いますか。今はオリオール暦一一三四年春の初月一日ですわ」

（え……）

侍女はエステルに櫛を渡すとカレンダーを取りに行ってくれた。侍女から受け取り損ねた櫛は、シーツを滑り落ちて床にぶつかりカシャンと音を立てる。

それに気がついた侍女は「カレンダーを持ってくるついでに新しいものと交換してまいりますね。しばらくお待ちください」と笑うと部屋を出て行った。

一人、寝室に取り残されたエステルは頭を抱える。

「待って。私、一年前に戻っているの……⁉」

エステルがさっき見たリアルな夢——やはりあれは現実に起きたことらしい。

(私はオリオール暦一一三五年の春の初月に、辺境の地にある修道院に向かっていたはずなのよ。そしてその道中で殺された。なのに、ここは一年前の世界だわ)

信じられないことが自分の身に起きているようだ。

一体どういうことなのか、と考えを巡らせたエステルはある禁呪の存在に思い至る。

(そういえば、この世界には死に戻りの魔法があると聞いたことがあるわ)

それは、シャルリエ伯爵家が持つ光属性の魔法よりも希少な『闇属性』魔法によるものらしい。

けれど、エステルは禁呪とされるその魔法のことを詳しく知らない。この状況に関わりがあるのか見当もつかなかった。

何よりエステルは光属性持ちのはずだ。加えて、高度な魔法が扱えるほどの魔力は持っていない。しかし、今はそんなに複雑なことを考えている時間はなかった。

(偶然なのか、それとも禁呪によるものなのか、理由はわからないけれど……)

「えっと、とりあえず……同じ目に遭いたくないわ⁉」

これは死に戻って二度目の人生なのだ。

この先に待っていることを考えると、一秒でも早くここから逃げ出さなくてはいけない。

身支度を整えたエステルは大切なものだけをバッグに詰める。

エステルがこんなに焦っているのは、死に至る運命から逃げ出したいからだけではなかった。

（よりによって、どうして今日が春の初月一日なの……！）

はっきりと覚えている。一年前のこの日、神殿から帰ったエステルは両親に〝聖女の交代〟を打診されるのだ。

今代の聖女がシャルリエ伯爵家から輩出されると決まっている以上、両親の判断は絶対である。それはそれで仕方がない。

エステルは『顔だけ聖女』と呼ばれることにずいぶん慣れていたし、聖女でなければ就いてみたい、憧れの職業もあった。

けれど、聖女の交代を言い渡される瞬間に二度立ち会うのは正直勘弁してほしいし、なにより両親の後ろで得意げに笑うアイヴィーの顔を見たくなかった。

（私は今から一年後にアイヴィーの差し向けた刺客に殺されるんだもの。アイヴィーの得意げな顔を見たら、頭に血が上って何をするかわからないわ）

正直、文句の一つも言ってやりたい。

けれど、もう同じ目にあって死ぬのはごめんだし、何よりも自分に殺意を持っていることが確定しているアイヴィーを刺激するのは危険に思えた。

（つまり、私が無事に生き抜くための第一歩は、アイヴィーや家族を刺激しないよう細心の注意を払いつつシャルリエ伯爵家を出ていくこと！）

そうと決まれば話は早い。今日ばかりは神殿用の服を着て聖女のお仕事をしにいくよりも大切なことがある。

聖女交代劇に巻き込まれて家の中に閉じ込められる前に出ていくのが、今現在最も重要な課題なのだ。

聖女が消えて神殿の皆は困るかもしれないが、数時間後にはあっさり新たな聖女が誕生する。可憐でかわいくてこの世のすべてに愛される完璧な聖女・アイヴィーが。

「私が今この家を出ていけば、家に閉じ込められることも一年後に殺されることもないわ！　なんて素敵なの！」


自分で身支度を整え、身軽に動ける程度の荷物をまとめるという準備はほんの数分で終わった。

エステルは気持ちを落ち着けるため、朝食として部屋のテーブルに置いてあったケークサレをぱくりとつまむ。

「おいしい……」

シャルリエ伯爵家のシェフが作るケークサレはエステルの大好物だった。野菜がたっぷり入っていて優しい味がする。

お菓子作りが好きなエステルは、厨房に入り浸ってこのケークサレを一緒に焼くこともあった。

久しぶりの味が染み渡って、さっき残酷な未来を見てきたばかりの心が解けていく。

ちなみに、淑女教育は身についている。けれど今は家出目前で時間との戦いなのだ。多少のはしたなさも今だけは大目に見てほしい。

もぐもぐと口を動かし、この家では最後になるであろう食事を終えたエステルは扉まで行き、耳を当てて外の気配を窺いながら考える。

（……アイヴィーは私を殺したいぐらい憎んでいたってことよね。訳がわからなすぎるわ……）

本当に解せないところである。

数々の嫌味は聞き流した覚えがあるが、そこまで恨まれるようなものだったのか。

いや、むしろこちらが文句を言っても許されるのではないだろうか。

そんなことを思いながら外開きの扉に手をかけ、ぐっと押した……つもりが開かなかった。

「……!?」

これはどういうことだ。押しても押しても開かない。体で押してみても、ドンドンと叩いても、びくともしない。

「な、なにこれ……？」

困惑するエステルに扉の向こうから聞こえてきたのは、カレンダーと櫛を取りに行ったはずの侍女の申し訳なさそうな声だった。

「あのぅ……エステル様。大変申し上げにくいのですが、お客様がいらっしゃっていまして」

「えっ？　私、こんな朝早くからお約束をしていたかしら!?」

一刻も早くこの家を逃げ出したいのに、なんということだろう。

「いえ、その、お約束はしていないのですが」

「ではお断りして。今すごく忙しいの」

今断ったらその来客にはもう二度と会えないが、エステルにとっては知ったことではない。

命よりも大切なものはないと、ついさっき死んだばかりのエステルは身をもって理解していた。

「それが、お断りするのが難しいお方で……って、きゃっ！　あの、困ります！　どうかお下がりくださいませ！」

扉の向こうではなぜか来客と侍女が揉めているようである。

それに、普段神殿に行くはずの日に来客が案内されるなどあり得ないことだ。つまり、聖女としての任務があっても通さざるを得ない相手が来たということだろう。

（私にそんなお客様……いたかしら？）

一瞬、脱走の途中だということを忘れて首を傾げると、侍女が恐る恐る聞いてくる。

「……エステル様、お支度は済んでいらっしゃいますか？」

「ええ、簡単なものだから自分で」

「本当の本当ですね？」

「……ええ」

神殿用の服ではないが、一応着替えは終わっている。

支度が終わっていないと言った方が脱走には有利な気はするが、なぜか開かない不思議な扉に胸騒ぎがする。

脱走用のカバンだけは見られたくないので慌ててベッドの下に隠してから頷けば、応じて数秒の後、固く閉ざされていた扉が開く。

そこに見えたのはいつもの侍女の柔らかな栗色の髪ではなく、煌びやかなブロンドと透き通った青い瞳だった。

身長差の関係でエステルを見下ろす彼の顔立ちは恐ろしく整っている。けれど、少しだけ髪を乱れさせ表情に焦りを浮かべた彼は、いつもとどこか違う気がする。

エステルが知っている彼はいつも冷徹な瞳で、冷めた雰囲気を漂わせていた。

会うときにはいつだって彼にふさわしい洗練された格好をしていたし、正式な場で顔を合わせるときには正装が眩しかった。

しかし、目の前の男の状態を表すなら、まさに『取るものもとりあえず駆けつけた』が正しいのだろう。身だしなみは一応整っているものの、クラヴァットやタイはなく、細かいところを気にする余裕がなかったようだ。

脱走目前のエステルを訪ねてきたのは、ルシアン・クラルティ。

この国――オリオール王国の第二王子であり公爵位を持つ彼はエステルより二歳年上の二十歳。

そして、エステルとはたまに仏頂面でお茶の時間を持つ程度の関係の婚約者である。

(……何。この方が、どうして)

呆気に取られてつい後退りをしてしまったエステルに、ルシアンは安堵の表情を浮かべ思わぬ言葉を告げてくる。

「……無事でよかった」

「え?」

これまでに見たことのない感情的な表現に、エステルは驚きで目を瞬いた。

（一体どういうことなの……？）

本当なら、挨拶や貴族らしいやりとりは置いておいて詳しい事情を聞きたかったが、それができる相手ではない。

とにかく。破滅の未来から逃げ出す予定だったはずのエステルは、屋敷を一歩も出ないうちにいつも仏頂面の婚約者に捕まってしまったようである。

第二章

完璧な婚約者が狼狽しています

Chapter 2

シャルリエ伯爵家のサロン。

エステルは目の前のこれ以上なく端整な顔立ちの婚約者を眺めながら、これまでのことを回想していた。

（私がルシアン殿下と最後に会ったのは、たしか辺境の地にある修道院へ送られる一ヶ月前――つまり、アイヴィーの刺客によって殺される一ヶ月前のことだったわ）

王太子の誕生日祝いの夜会に招待され、ルシアンのエスコートで参加したのが最後だった気がする。

いつもならば一ヶ月も空けずに定例のお茶の時間が設けられるはずだったが、なぜかそのときは誘いがなかったのだ。

そのため、エステルは急に修道院へ行くことになったのをルシアンに告げる機会がなかった。

（私はルシアン殿下のことをあまり知らないのよね。誕生日や何かの節目の日には必ずプレゼントとカードを贈ってくださるけれど、普段はプレゼントを送ってきたのと同一人物なのか疑いたくなるほどにそっけなくて。一応、婚約者として頻繁に顔を見に来てくださってはいたけれど、ほとんど会話はなかったし）

結婚が家同士の結びつきを意味する貴族令嬢にとって、婚約者との関係はこんなものだろう。たまにどちらかが真実の愛に目覚めて婚約破棄をしたり面倒なトラブルになったりする話は聞くが、多くにとっては無縁なものである。

ところで、ルシアンは飛び抜けてルックスが良いうえにあらゆることをそつなくこなす。しかも、持っている魔力の属性は極めて珍しく強力な『闇』である。

そういった理由から王国中から注目を集める存在だ。

(思えば、アイヴィー以外にもルシアン殿下をお慕いしているご令嬢方はたくさんいらっしゃったはずなのよね。それなのに、私がルシアン殿下の婚約者でいられたこと自体が謎すぎるわ……)

しかしどうしてこうなった。

現実から逃避するのをやめたエステルは、目の前で穴が開きそうなほどこちらを凝視してくる婚約者に視線を戻す。

彼は、おそらく緊急の用件があってシャルリエ伯爵家を訪れたのだろう。

死に戻り前の人生で、ルシアンが事前の約束なしにシャルリエ伯爵家を訪れたことはない。けれど、今はそんなことを気にしている場合ではない。

なぜなら、夕方には両親から聖女の交代が告げられるのだ。できるだけ速やかに話を聞き、何としてでもこの家を出てしまいたかった。

メイドがお茶を出し終えたのを確認して、エステルは早速本題に入る。

「ルシアン殿下、今日は急にどうなさったのですか」

「……いや。今朝起きてすぐ、君のことを思い出して……それで気がついたら馬に乗っていた」

「なるほど。……って、え？」

これまでに聞いたことがない、どう考えてもおかしすぎる返答にエステルは間の抜けた声を出した。

「……！？！？」

しかし、なぜかルシアンの方も信じられないという風に言葉を詰まらせ目を限界まで見開き絶句している。

滅多に崩れることのない整った顔に人間らしさが垣間見えて、エステルは驚いた。

(なんだか、ルシアン殿下の様子がおかしいわ⁉)

ルシアンといえば、エステルとの面会をまるで義務のようにさらりと淡白にこなしていた。どんなに好意的に見ても、こんな風に額に汗を滲ませて訪ねてくるようなタイプでは断じてなかったはずである。

ぽかんと目を瞬くエステルの前で、こめかみを押さえ軽く頭を振って気を取り直したらしいルシアンは話題を変えた。

「……今日、エステル嬢は神殿に行くのだろう？　その後でシャルリエ伯爵夫妻に伝えたいことがある」

「両親にでしょうか」

「ああ。詳細はそのときに」

一体何の話なのだろうか。

けれど、気安くそれを聞けるほどエステルとルシアンは親しい関係ではない。

そしてエステルにはそれ以上に気になることがあった。

さっきの開かない扉である。

「さっき、私の部屋の扉が開かなかったのは……魔法を使われたのでしょうか？　一体、どうしてそのようなことを」

「確かに魔法を使ったよ。ただ、エステル嬢が心配だったんだ。顔を見るまで安心できないが、着替え前の君に会うわけにもいかない」

「え」

これまでに交わしたことがない会話の類に思わず間抜けな声で相槌を打ってしまったが、ルシアンは心の声をそのまま垂れ流すかのごとく流暢に続けた。

「君が想像以上にかわいかったら困るだろう」

「きみがそうぞういじょうにかわいかったらこまる？」

「とりあえず、部屋の入口だけでなく窓にも同じ結界を張っていた。魔法は、かわいい君を守る最善の手段だった」

「けっかい……かわいいきみ？」

わけがわからない言葉の連続に、部屋の空気が凍りついた気がする。

当然エステルも凍っていた。凍っていないのは目の前の眉目秀麗な婚約者だけである。

けれど意味不明なことを口にしているせいで、普段のクールな格好良さが三割減に見えた。

不幸な現場を目撃してしまったよく教育された侍女は、口出しこそしないが平静を装いきれず明らかに目を泳がせている。

数秒の間の後。

「……今、俺は何を言った？」

「いえ何も聞いておりません」

エステルは即座に聞かなかったことにしたが、自分が口にした言葉をよく理解しているらしいルシアンは青ざめた顔をして口を手で押さえている。

（普段……ルシアン殿下が絶対に口にされない類の言葉が聞こえたような……）

彼が朝起きてすぐエステルを思い浮かべたことも、シャルリエ伯爵家を訪問してあらぬ想像をしたことも、彼が持つ貴重な闇魔法を使って結界を張ったことも、これ以上追及はしない方が良さそうだった。

エステルが知っているルシアンとあまりに違いすぎるのだ。

午前中の明るい光で満たされたサロンには微妙な沈黙が満ちる。

（いつも通り、なんの会話もなく紅茶を飲むだけでは済まされない気がするわ。だって、ルシアン殿下の様子は明らかに変だもの）

エステルの記憶が正しければ、この日の両親は朝から外出をしていた。

そして夕方に戻ってきた後、聖女の交代を告げられる。

つまり、両親が戻るまではエステルがルシアンの相手をしなければいけない。

ルシアンのことは嫌いではないが、エステルはその前にこの家から逃げ出したいのだ。様子のおかしい婚約者になど、構ってはいられない。

（何とか話題を変えて、また後日来ていただくことにしたいわ。その頃には、私はこの家にいないけれど）

決意を固めたエステルは、この面会を終えるべくにっこりと微笑んだ。

「今日は少し驚きました。急に私を気にしてくださったようでしたので、」

「急にじゃない。ずっとだ」

「え？」

期待とは全く違う答えと彼らしくない言葉遣いにエステルが首を傾げると、こめかみを押さえたルシアンは美しい形の唇でさらりと告げてきた。

「俺は初めて会ったときからずっと、君が好きすぎるんだ」

（…………）

（…………）

エステルがその意味を呑み込むまでに、優に十秒ほどかかった。

けれど、ルシアンの方も自分が何を言ったのか理解するまでに同じぐらいかかったようである。

「！？！？」

必然的に、二人は揃って真っ赤に染まることになってしまった。

（今、どう考えてもおかしい言葉が聞こえたような）

エステルは顔を引き攣らせて固まっていたが、ルシアンも同じである。

両手で顔を覆った彼からは「なるほどこういうことか……まじか」という呟きが漏れ聞こえた。

勝手に何かを理解したようだが、ぜひその考えをこちらにも聞かせてほしい。

ちなみに、エステルはルシアンがこういう言葉遣いをする人間だと初めて知ったところだ。完璧で非の打ちどころがなくクールな第二王子殿下はどこに行ったのか。

(彼はこんな風に笑えない冗談を言うためだけに朝から馬を飛ばしていらっしゃったの……?

ううん、そんなはずがないじゃない)

冗談だと結論づけてしまうには目の前のルシアンの狼狽はリアルすぎて、もう訳がわからない。

(とにかく、この家だけでなく……この場からも一刻も早く逃げ出したいわ⁉)

タイミングを見計らい、出口へ案内するために立ちあがろうとエステルが足に力を入れた瞬間。

重苦しい沈黙を破り、ルシアンが口を開いた。

「何だこれは」

こっちが聞きたい。

エステルが心の中で突っ込みを入れたところで、ルシアンは何とか持ち直したようだった。少し諦めたような表情を浮かべつつ、告げてくる。

「ちょっと待ってくれ」

「は、はい。もちろんですわ」

「今からおかしなことを言うが、聞き流してくれ」

「……承知いたしました」

嫌な予感しかしないが、聞くしかなかった。

「俺は勉強が好きだった。これまでに一度も、家庭教師との時間をさぼったり脱走したりしたことはない」

「…………」

「貴族の館に招かれる茶会も好きだ。招待を受けたら片っ端から参加している。招待状を丸めて断ったことなど、一度もない」

「…………」

（もしかして、これって嘘なのでは？）

これがどういう話なのか何となく察して気まずいエステルの前。ルシアンは足を組み、偉そうに言い放つ。

「いいか。今のは全部嘘だ」

「流れでそうかなとは思いましたが、イメージが違いすぎて驚いています」

（ルシアン殿下って、こんな方だったのね）

おそらく、ルシアンは自分が何らかの理由で本当のことしか言えなくなっているかもしれないと疑ったのだろう。

だから試しに嘘を言ってみたのだ。嘘の内容については言及しないが、完璧な王子様に見えたルシアンの本音に驚いてしまう。

（つまり……さっきの〝初めて会ったときから君が好きすぎる〟って言うのは……）

エステルを好きだ、というのが本心だとルシアンが認めているのではないか。

まさかの本音に、エステルはただ目を瞬くことしかできない。

（いいえ、全然信じられないわ。これは何かの間違いのはず）

これまでずっと婚約者として顔を合わせてきたが、ルシアンはただの一度もそんな素振りを見せたことなどなかった。

会えば仏頂面なのになぜか定期的にお茶に誘ってくれることや、エステルが聖女でなくなっても婚約を解消する話にならなかったことは不思議だったが、これまでの薄くて形式的な関係を覆すほどのものでもない。

ということで、エステルはある提案をしてみた。

「あの、試しに『エステル・シャルリエなど嫌いだ』と言ってみるのはどうでしょうか」

「やめてくれ。さすがにそれだけは絶対に言いたくない」

またも本音がダダ漏れになっているが、この状況に慣れ始めたエステルは何とか聞き流す。

「形ばかりですが一応は婚約者である私を気遣ってくださるのはとてもありがたいです。ですが、私は顔だけ聖女と言われてきましたから、何を言われても大丈夫ですわ」

「それが本当に許せないところだな。何度か手を回したんだが、噂のもとを消しても消しても次々に湧いてくる。嫉妬とは恐ろしいものだ」

「うわさのもとをけす？」

「その令嬢の父親を左遷して王都から追い出しても、令嬢本人を社交界から締め出しても、どこからともなく湧いてくる。噂のもとは決まって令嬢の集団だ。エステルが眩しすぎるせいに違いない」

「？？？？？」

これまでに聞いたことがない過激な話に、エステルは目を瞬いた。

（もしかして、ルシアン殿下は私をそうやって守ってくださっていたということ？　でも、どうして？　婚約者としての振る舞いなら、もっとわかりやすく示してくださるのが普通では？）

「あの、今のお話は」

「……いや何でもない。忘れてくれ」

物騒すぎる回答に新たな疑問がどんどん積み上がっていくが、今の話題はそこではなかった。

これ以上突っ込んで聞いたら、絶対に面倒なことになるだろう。一刻も早くこの話題をおしまいにしたいエステルはきっぱりと告げる。

「別に今さら何を言われても傷つきません。では、ルシアン殿下がお思いになる〝私の好ましいところ〟をお教えくださいませ。もちろんないでしょうから、適当で結構です。〝顔だけ〟でも〝家柄だけ〟でも何でも結構ですわ」

「……エステル嬢はなかなかひどいことを言うな」

エステルの問いに、ルシアンはなぜか絶望的な顔をした。

けれど、決心したように慎重に口を開く。

「……顔」

　そこまではよかった。

「顔だけ……っ⁉」

　ルシアンの形の良い唇から『エステルの顔だけが好きだ』という趣旨の言葉が紡がれた瞬間、彼の顔色が紫色に染まった。

「……ルシアン殿下⁉　大丈夫ですか！　……誰か！」

　ルシアンが急に息苦しそうにしたので、エステルは慌てて立ち上がり人を呼びに行こうとする。

「待て、頼む」

「ですが！」

　けれど、すぐに本人に腕を掴まれてしまった。

　額に汗を滲ませ、喉元を押さえて呼吸を整えてから、ルシアンは冷静に告げてくる。

「……いやいい。これでわかった。俺が嘘をつけないのは、君に対してだけだ。しかも、君への気持ち限定のようだ」

「えっ⁉　どうしてそんなことに⁉」

　死に戻り前、こんなことはなかった。

　加えて、この時期にルシアンが急に訪ねてくることもなければ、こうして気持ちを知ることもなかった。

　それにルシアンが嘘をつけないなんて聞いたこともない。

(というか、こんなところでルシアン殿下の気持ちを知ってしまっても困るのだけれど……！)

エステルはここから逃げたいのだ。

めでたく脱走が成功すればルシアンとの関係は切れるに違いないし、彼には速やかに次の婚約者ができるのだろう。

可能ならそれはアイヴィーになってほしい。逆恨みをされて殺されるのはごめんである。

彼の気持ちを知ったうえで逃げるのは本当に申し訳ないが、同じ未来を辿るのは本当に勘弁してほしいところだ。

「心当たりはある。大丈夫、エステル嬢が気にすることじゃない」

「ですが」

(気にすることじゃないと言われても、絶対に無理です！)

冷酷な印象すらあった形ばかりの婚約者の初めて見る顔に、エステルは戸惑いを隠せない。

二人の婚約期間は十年以上に及ぶ。けれど、無言のお茶会を積み重ねるばかりだったこれまでの十年間よりも、この数分の方が明らかに大きい気がする。

正直なところ、エステルは彼をアイヴィーに押し付けて逃げることに罪悪感を持ってしまうぐらいには情が湧いていた。

(これは、ルシアン殿下の気持ちを知って揺れているわけではないはずなのだけれど)

感情に整理がつかないでいるエステルを前にしてルシアンはため息をつく。

「しかし、〝顔〟が嘘でなく〝顔だけ〟が嘘になると言うことは、俺はエステル嬢の顔まで好きだったのか」

「え？」

「⁉　油断すると自然に本音を言ってしまうのか……。いや何でもない今のは本当に忘れてくれ」

（油断すると、って）

時間差で、ルシアンの言葉の意味がじわじわと心に沁みてくる。

（顔まで好き……えっ、ルシアン殿下は私の中身が好きってこと⁉　家柄とかではなく⁉　どうして⁉）

形式的な婚約者に過ぎないとばかり思っていた、完璧な王子様。

その彼の唐突な本音と頭を抱えて首を振る姿に、エステルはただただ赤くなるしかなかった。


その日、エステルの神殿での仕事は休みになった。

ルシアンはシャルリエ伯爵家のエステルの部屋に結界を張ると一旦王城に戻り、両親の帰宅時間に合わせてまたシャルリエ伯爵家にやってきた。

一旦席を外したのは、ずっとエステルと一緒にいては本音が漏れすぎていたたまれなかったからだろう。

そこに関してはエステルも完全に同意するところだった。

ということで、朝、エステルとルシアンが二人で残念なやりとりをしたサロン。

そこに、今はエステルの両親と義妹のアイヴィーが並んで座り、そしてその向かいにエステルとルシアンが腰を下ろしていた。

今回のルシアンはクラヴァットをきちんと結び髪型に乱れもない。

いつも通り、完璧な王子様の顔に戻っている。

問題なのは、エステルを守るようにぴったりと隣に座っていることだった。

これは婚約者として許される距離感ギリギリなのではないか。

（……なぜ、私はルシアン殿下側に座っているの？　というか、ルシアン殿下の本音が衝撃的すぎて、脱走のタイミングを逃してしまったわ！）

疑問でしかないが、座り位置に関してはアイヴィーも同じことを思っているようだった。

「ねえ。どうしてお姉様はルシアン殿下のお隣にお座りなの？」

「アイヴィー。教えたでしょう。こういうときは口を挟んではいけないのよ」

「だって、お母様ぁ」

不躾な問いをしたアイヴィーを母親が窘めてくれたが、これから起きることをエステルは知っている。

この数分後、両親はエステルに聖女の座をアイヴィーへ明け渡すように告げ、アイヴィーは得意げに微笑むのだ。

この国で聖女の仕事といえば儀式によって瘴気を浄化することである。その儀式に使われる呪文を発動させるには、光属性の魔力が必要になる。

エステルは魔力が少なく、儀式に時間がかかる。義妹の方が聖女としてふさわしいのは自分でもわかっていた。……けれど。

（アイヴィーに聖女の座を譲るのはいいの、大歓迎よ。でもこの後、家で私の立場がなくなっていくのがとても悲しい。お父様もお母様もお兄様たちも変わらずに接してくれるけれど、アイヴィーの発言力がどんどん大きくなっていく……）

そして、一年後には命を狙われて殺されるらしい。

そんなのまっぴらごめんである。

（こうなっては仕方がないわ。少し気持ちの整理もできたし、ルシアン殿下からお父様お母様へのお話を伺った後、業務的にさっさと聖女の交代を受け入れましょう。そしてこの家を出るの）

荷造りに余裕ができたぶん、生活費の足しになる宝石を選んで持っていこう。今夜中に安全な行き先を決めたい。知らない土地は怖いけれど、ここに残ってアイヴィーに殺されるよりはましに違いなかった。

——そんなことを考えていると。

「今日はエステル嬢との婚約の件で話をさせてもらいたい」

ルシアンの声色は、敢えて王族らしく威圧的に切り出されたのだと思えた。

一瞬でサロンの空気が引き締まる。

両親は既に聖女の交代を決めているはずだ。そしてアイヴィーはそれを知っている。当然、神殿には報告済み。

ここで婚約の話などしたら、エステルとの婚約もアイヴィーとのものに差し替えられる方向に行くのではないだろうか。

さっき、ある種の事故によりルシアンはなぜかエステルのことが好きすぎるらしいと判明してしまった。

けれど、それとこれとは別の話である。

少しの引っ掛かりを呑み込んだエステルが顔を上げると、ルシアンは当然のように宣言した。

「私たちは婚約している。よって、エステル嬢がこの家を出ることを至急承諾してほしい」

（……はい？）

自分の願いにぴったり合った要求に、エステルは思わず隣のルシアンを見上げてしまう。

そこにあったのは、さっき見たなぜか溢れ出てしまう本音に苦悶する姿ではない。

瞳を鋭く光らせ、冷徹に両親と義妹を見つめる横顔だった。

「お言葉ですが、ルシアン殿下。殿下と婚姻を結ぶのは聖女だと思っております」

「エステル嬢は聖女ではないというのか」

「いえ、その」

両親が視線で意味深なやりとりをするのを見て、エステルはため息をつく。

（お父様もお母様もお優しいけれど、こういうときにきちんとした返しができる方だったら、あんなことにはならなかったと思うのよね……）

つい明け方見たばかりの絶望はまだまだ鮮明でリアルすぎる。

くらりとしたところで何かに肩を支えられた。

あれ、と思うと、ルシアンの手が添えられている。

「も、申し訳ございません、ルシアン殿下」

「気にしなくていい。……大丈夫か？」

「はい」

（ええと、ルシアン殿下からこんな風に触れられたのは初めてでは？）

彼は、シャルリエ伯爵家の面々とエステルとで見事に顔を使い分けているようだ。それを見ていた父親も全く同じことを思ったらしい。

「……存じ上げませんでしたが、エステルと殿下はこんなに親密な関係だったのですね」

「そんなもの、だ……」

問いに応じようとしたルシアンの声色はどこかおかしい。不審に思い、俯いていたエステルが隣に視線を移すと、顔色が紫になりかけていた。

（あっ⁉　これは私に関して嘘をついていらっしゃる）

確かにどう考えても二人は親密ではなかった。

このままでは、ルシアンは呼吸困難になって倒れてしまう。

察したエステルは慌てて助け舟を出す。

「あの、私たち、こう見えてもとても仲良くさせていただいているのです。今回のお話も私が殿下に相談したの。そろそろ自立したいから家を出る助けになってほしいと」

「エステル、何を言っているんだ。お前にはここで何一つ不自由のない人生を準備してやる。だから何も心配することはない」

「だって、聖女にはアイヴィーがなるのでしょう？　そうなら、私はこの家にいても意味がないわ」

これからの話題を先読みしてきっぱりと言い放つと、空気が凍りついたのがわかった。

やはり、予定通り聖女の交代はすぐに告げられる予定らしい。

しまった喋りすぎた、と思ったけれどよく考えてみるとそうでもない気がする。

父親が言う〝何一つ不自由のない人生〟とはアイヴィーの陰に隠れて生き、そして最後にはアイヴィーが手配した刺客に殺されることなのだから。

「お姉様、ひどい……」

凍りついた空気をさらにどん底に落としたのは、案の定アイヴィーだった。

「そんな言い方……まるで、私がいるせいで出ていくって言っているみたい……。それじゃあ、私は邪魔者ってこと？　やっぱり、森の中で拾われた子どもだから……私、ごめんなさい」

「アイヴィー……」

母親は、丸くて大きなミントグリーンの瞳に涙を溜めて肩を震わせるアイヴィーと、背筋を伸ばして冷静に座っているエステルを交互に見る。

そして、自然にアイヴィーの肩を抱いた。

その姿にエステルの胸にはちくりとした痛みが走る。

（アイヴィーは我が家の一員だもの。もし私とアイヴィーが喧嘩をして、私がああやって泣いたとしたらお母様はきっと私の肩を抱いてくださるはず……）

けれど、実際にはそんな記憶はない。

エステルはあまり泣くことがなかったし、第一そんな場面があったとしたらアイヴィーが先回りしてとっくに泣いていたからだ。

メソメソしている暇があったら答えを見つけたいタイプのエステルは、ポジティブと言えば聞こえはいいがあまりかわいくない存在だったのかもしれない。

だからこそ、今朝死に戻っていることに気がついたときもすぐに「逃げよう」と思えたのだけれど。

（それにしても、アイヴィーは一年後に私を殺そうとするのよね。お母様はそれを知らないけれど、でもここで庇うってある？）

エステルの視点からすると酷すぎて泣きたくなる話だった。

何ともいえない感情に支配されそうになったところで、ルシアンの怒気をはらんだ声が響く。

「――馬鹿馬鹿しい。当然だろう？　こんな風に養子が偉そうに振る舞っている家、クソだな。俺でも出て行くに決まっている」

（……ええと？　〝クソ〟？）

王子殿下らしくない言葉遣いに皆が固まっている。

彼は今、シャルリエ伯爵家のことを『クソ』だと表現したのだ。

完璧な貴公子然としたルシアンから発せられた言葉は、想像以上に破壊力がありすぎた。

侮辱されたアイヴィーでさえ泣きの演技を忘れているようで、ぽかんとしている。

けれどルシアンは気にせずに続けた。

「こんな家にいたら、エステル嬢は不幸になる。彼女のためと思ってしていることが全部裏目に出ることがわからないのか」

「そ……それは」

答えに窮した父親を放っておいて、ルシアンはエステルに向き直った。

「とはいえ、俺も君のためだと思ってしていることが自由を奪う可能性があることも怖い。エステルの意思をしっかりここで明らかにしておきたい」

(ええ、その通りです……)

エステルは素直に頷く。

もし仮にここでうっかり縁談を進めるなんて話になってしまったら一大事である。考えただけで、平穏な未来が遠ざかる。

(私が修道院に向かうことになったきっかけは、アイヴィーが〝お姉様が家にいると聖女としての仕事に集中できない〟と言い出したからなのよね。すぐにそれはルシアン殿下と結婚したいというわがままにエスカレートしていった。結果、私さえいなくなればすべてが丸く収まると判断したお父様とお母様は、私を修道院に行かせることに決めた。つまり、私がシャルリエ伯爵家を

出て完全に縁を切ったら、アイヴィーは私を殺そうとはしないはず）

　ということは、この場でエステルが取れる手段はただ一つ。

「私はこの家を出たいです。聖女にはアイヴィーがなるべきだし、もしいつか私が邪魔になってこの家を追い出すぐらいなら、承諾してください。どうかお願いします、お父様、お母様」

「……邪魔なんて……そんな」

　アイヴィーの肩を抱いたまま、絶望したらしい母親の声がサロンに響いたのだった。

第三章

憧れのスローライフを始めます

Chapter 3

それから数週間後。エステルは王都の外れにある、白いレンガが眩しい建物の中で包丁を握っていた。

別に実家に復讐するためではない。お気に入りの〝ケークサレ〟を作るためである。

カウンターの向こうにはルシアンがいて、物珍しそうにエステルを見守っていた。

「菓子とはそうやって作るものなんだな」

「はい。もし自由になったらカフェをやってみたいなって思っていたんです」

「……知らなかった」

素直に答えるルシアンは完全にプライベートのようだ。この前、エステルの両親の前で見せていた鋭い視線はかけらほども残っていない。

――先日のシャルリエ伯爵家での話し合い。

ルシアンの口添えがあったおかげで、エステルは家を出ることに成功した。

急に縁を切りたいと言い出したことに父親は青い顔をし、母親は泣いていた。エステルもさすがに心にくるものがあったけれど、何とか押し切った。

(だって、このままでは私の居場所は確実になくなって、一年後にはアイヴィーに殺されるんだもの。うん無理)

一度死んだ身からすると、命より大切なものはない。

ところで、かわいらしい印象のこの家はエステルがシャルリエ伯爵家を出るにあたって生活費代わりにもらったものだ。

もちろん、両親は金銭的な支援を申し出てくれた。

けれど、アイヴィーに殺される未来を思えば定期的な接触があることすら怖い。

いろいろと考えた末に、エステルは生活の拠点となる家を買ってもらったのだった。暮らす場所さえあれば何とでもなる。

ちなみに、完全に蚊帳の外になってしまったアイヴィーは見事に頬を膨らませていた。ルシアンに凄まれたのに、全く凹まないメンタルの強さはさすがである。

そして最近のエステルはといえば、かつては〝眉目秀麗であらゆることに完璧かつクール〟という薄っぺらい印象しかなかったルシアンに好感を持ち始めていた。

いろいろと様子はおかしいが、少なくともエステルのことを考えてくれる彼は両親よりもずっと信用できる気がする。

「……ルシアン様とこんな風にお話しする日が来るなんて思ってもみませんでした」

カウンターの向こうにいるルシアンに告げると、彼は息を吐いた。

ちなみに、シャルリエ伯爵家を出たエステルはルシアンに対する敬称を『殿下』から『様』にあらためていた。

仲良し度が上がったからではない。王子様と関わっていると知られたくないからである。

「こうなる前に、もっと早く一歩踏み出すべきだったな」

「……と仰いますと？」

「いや、何でもない」

言った側からルシアンの顔色が悪くなる。何でもなくはないらしい。

けれど、エステルはこんな彼の姿にも慣れてきた。人間の適応力とはおそろしいものだ。

（ルシアン様は毎日様子を見にきてくださるけれど、調子が狂ってしまうわ）

さっきルシアンは「こうなる前に、もっと早く一歩踏み出すべきだったな」と言ったが、正直なところエステルからしてみればあまりピンとこない。

確かに、仲良しこよしな関係ではなかった。けれど、かといって過剰に冷たくされた覚えもなく、王子殿下と貴族令嬢の婚約関係としてはごく一般的な関係だったように思える。

つまり、ルシアンはこれまでの振る舞いを後悔しているようだが、エステルにはちょっと心当たりがないのだ。この感覚のすれ違いにすらも心がザワザワしてしまう。

（まさかこんな風に甘い本音を聞かされることになるとは……人生ってわからないものね）

今日も不意打ちで本音を浴びせられたエステルは無心で野菜を刻む。

それを、こんがりと焼かれたベーコンの入ったフライパンに加えて、じゅうじゅうと焼いていく。

これは、シャルリエ伯爵家のシェフにもらったレシピを使ったケークサレだ。

子どもの頃はよく作っていたけれど、数年前、聖女として神殿に通うようになってからは作った記憶がない。

だから、家を出る前にわざわざレシピを書き起こしてもらったのだ。

エステルは伯爵令嬢だけれど、お菓子作りが好きだった。

子どもの頃から暇を見つけては厨房に入り浸り、シェフに料理を教えてもらった。

懐かしい思い出を反芻していると、ルシアンからも同じ感想が飛んできた。

「ケークサレか。懐かしいな」

「懐かしい？　もしかして、ケークサレをお好きなのですか？」

「ああ。好きというか……特別な思い出があるんだ」

「もしよかったら召し上がって行ってください。味の保証はできませんけれど」

顔色が紫ではない婚約者に微笑んで見せると、また本音が溢れ出す。

「エステルが作るものなら、俺にとっては何でもおいしいだろうな。ここがカフェとして開店したら、他の客が君の手料理を食べるのかと思うと心の底から腹立たしい」

「⁉　あの！？！？」

「そうだ強力な闇属性魔法を利用して結界でも張るか」

「！」

また始まってしまった。しかも名前を呼び捨てである。

急に顔を引き攣らせて黙りこくったエステルに、ルシアンも我に返ったらしい。

口を押さえて目を閉じ息を吐く。

「……悪い。本当に困らせる気はないんだ」

それはもうわかっている。

「はい……」

しかし、まずは闇属性の結界だけは勘弁してほしい。まごうことなき営業妨害である。

なるべく平静を装いたいエステルだったが、どう考えても無理だった。

卵をボウルに割り入れたものの、動揺して殻が入ってしまった。

慌ててスプーンで掬い取ろうとするけれど、わずかな呼吸の乱れさえルシアンに見られているようで手が震えてしまう。

――エステルを〝好きすぎる〟ルシアンの奇行はいまだに続いていた。

いつだって気を抜くと本音が滑り出てしまうようだ。

口を閉ざせばいいのかもしれないが、それを続けているとそれはそれで次第に顔色が紫になるらしい。

（理解はしているけれど、ちょっといい加減にしてもらえないと……困る）

シャルリエ伯爵家を出ることが決まった瞬間、エステルはルシアンに婚約の解消を申し入れた。

当然、ルシアンは絶望的な表情を浮かべ即座に「嫌だ」と答えた。

ということで、二人の婚約解消は棚上げ事案。

話し合いは永遠に平行線である。

そんなことを回想しつつ、エステルは生地を焼き型に流し入れ、予熱してあったオーブンに入れる。

そこで、エステルはお決まりの歌を小声で口ずさんだ。

それは光属性魔法持ちの家として歴史あるシャルリエ伯爵家の厨房に古くから伝わるおまじな

いのようなもの。

もちろん効果などありはしない。子どもが親しむ数え歌と似たようなものだ。

けれど、エステルの歌を聞いたルシアンは驚いたように目を見開いた。

「……その歌。闇属性魔法の呪文をベースにしているな」

「闇属性魔法の呪文ですか？　そんなはずはないですけれど」

魔法を使うときには呪文が必要だ。呪文はどれも特に意味を有しない音の連続に思えるけれど、属性ごとに規則を持つ響きらしい。

そしてそれは使いこなす人間でなければわからない。――そう、ルシアンのように。

「いや、確かにそれは闇属性魔法の呪文に近い」

「この歌はシャルリエ伯爵家の厨房に代々伝わるただのおまじないの歌です。何の効果もありませんし……もし由来があるのなら、光属性の呪文でないとおかしくないでしょうか」

「……それもそうか」

どこか腑に落ちない、という表情をしながらもルシアンは納得してくれた。

気だるげな空気を漂わせながらも、エステルが知っている彼よりもずっと饒舌である。

(名ばかりの婚約者だった頃、形だけのお茶会の時間を過ごしていたのがもったいなかったかもしれない……)

美しい顔をした完璧な婚約者。

近寄りがたく遠い存在のように感じていたけれど、こんな風に気さくに会話に応じてくれて、たまに〝クソ〟というありえない言葉も使う。

　人とは見かけによらないものだ、と思いながらエステルはふふっと笑った。

「シャルリエ伯爵家では、食事の支度の時間になると機嫌よく料理をするシェフの歌が厨房から聞こえてくることもあって楽しいんです」

「……！」

　カウンターの向こうで頬杖をつき、ぼうっとエステルを見ていたルシアンは何とか言葉を選ぼうと頑張ったようだ。

　しかし無駄だったようである。

「エステルは天使のようにかわいいな。ふとした時に抱きしめたくなって困る」

「てっ、てんしのようにかわいい？」

　不意打ちで飛んできた本音はなかなか破壊力が高く、その先の言葉は反芻すらできなかった。

　まるで恋人に告げるような甘い言葉を無防備に受けてしまったエステルは、あわあわと立ち尽くすしかなくて、自分でもいたたまれない。

（この方は本当に私が知っているルシアン様なの⁉）

　と同時にルシアンもガタンと音を立てて立ち上がった。

　当然、顔は真っ赤に染まっている。

「今日はダメだ、帰る。後で使いをよこすから焼き上がったケークサレを渡してくれるか。食べるまでは死ねないが君にこんな本音を聞かせ続けるのは、」

「たべるまではしねない？」

「今、この状態の俺が君の手作り料理を食べずに死ねると思うか？　かわいすぎる君の手料理を！」

「あの、そもそも死なないでいただけますと」

「残念だが、俺は君に恥ずかしい本音を聞かれすぎて今死にそうだ。ではそういうことで」

「あっ待ってください！」

さっと手をあげ出口に向かって歩き出したルシアンをエステルは引き止めた。

せっかくならケークサレの試食をしてほしい。

彼もいっぱいいっぱいなのはわかっているが、エステルはここでカフェを始める予定なのだ。

自分以外の誰かの感想が聞きたかった。

「あの、私でしたら大丈夫なので。ルシアン様のお言葉はできる限り聞き流しますし」

「聞き流されるのもそれはそれで悲しくないか⁉」

ルシアンの〝気持ちが隠せない〟件について、エステルはこれまで通り沈黙を貫けばいいのではと提案した。

けれど、ルシアンは一緒にいるとどうしてもエステルについて語りたくなるようだ。

少しでも気を抜くと、好きだとかかわいいとか子どものように単純な好意を示す言葉が滑り出る。

冷徹ささえ滲ませた知的でクールな王子殿下の頭の中身は子どもだったのだろうか。

ぶっとんだ本音を聞かされることになりそうで、その辺についてはまだ一度も突っ込んで聞いたことがないが、とにかくそれも呪いなのだろう。

（お会いしないのが一番いいのだとは思うけれど）

かといって、自分を好きすぎると訴えてくる相手に「もうここに来るな」というのは一言発するだけでも躊躇われた。

（こんなに大変な『呪い返し』があるほどの禁呪。ルシアン様は一体どんな魔法をお使いになったのかしら）

「……」

同情しつつも、この狼狽を見ると少しだけ揶揄いたくなってしまう。

「……あの。ルシアン様は本当に帰りたいのですか」

「帰りたいわけがないだろう。貴族令嬢かつ聖女として暮らしてきた君をこんなところに一人で残しておくなんて心配でどうにかなりそうだ」

とんでもなく早口である。

「ふふっ」

「笑うんじゃない」

片手で口元を隠し、ほんの少しだけ赤い顔で視線を送ってくる姿に、つい笑ってしまう。

「ルシアン様はこういうお方だったんですね。想像していたよりもこちらの方がずっと素敵です」

「……君はそういうことを言うんだな」

「？　ええ」

ルシアンからの剣呑な視線に、エステルは首を傾げた。

「エステルの方は、俺が想像していたよりもずっと……っ、」

「あっ、また顔色が！」

この流れで一体どんな嘘をつこうとしたというのか。『想像より素敵』以上に隠したい言葉があるなんて衝撃的すぎる。

ルシアンの顔色はみるみる紫色に染まっていく。

ちなみに、苦しそうにしながらよたよたと出口に向かっているが、三歩に一歩ぐらいはこちら側へと戻ってくる。相当な葛藤があるようだ。

「やっぱり……帰りたくないが帰る……帰りたくないしかし帰る……」

「お待ちください。闇属性魔法で結界が張られ、第二王子殿下が紫色の顔をしてフラフラ出てくるカフェなんて、誰も来なくなってしまいます」

「……正直、自分でもそれをやりかねないのが怖い……」

ルシアンは整った外見からは想像がつかないほどに狼狽している。

（ルシアン様をお慕いするご令嬢方がこの姿を見たら、びっくりされるのではないかしら……）

そうしているうちに、甘く香ばしい匂いがカフェの中に広がっていく。

めでたく、ケークサレは焼けたのだった。

閑話

Side. ルシアン

Idle talk

王都のはずれにある、白いレンガでできた近いうちにカフェになるであろう家。

そこから王城まではあまり遠くない。

ものすごく後ろ髪を引かれつつエステルと別れ、自室に戻ったルシアンは側近を呼んだ。

「クロード。話がある」

呼ばれた側近は軽い足取りで窓から部屋に入り込む。

「なんだ？」

「明日から、エステルの護衛についてほしい」

「あー、『顔だけ聖女』のあの子か」

ルシアンは、そう表現することに全く悪気のなさそうな側近を鋭く睨みつけた。睨まれたクロードと呼ばれた側近は、艶やかな黒い毛の生えた体を机の端に擦り付ける。

「おーこわ。で、オレ、人間の姿と猫の姿、どっちで護衛すればいいわけ？」

「……当然、猫だろうそれは」

「なんで？」

「俺は、人間の姿をしたクロードとエステル嬢が並んでいるところを想像しただけで、王都ごとお前を消せる自信がある」

「ふはっ。お前ってそういうやつだよなぁ」

「黙れ」

くつくつと笑う猫の姿をした側近にルシアンは不快感を隠さない。

ルシアンの側近・クロードはルシアンの闇属性魔力によって生み出された使い魔だ。基本的には黒猫の姿をしているが、人間の姿になることもできる。

主人であるルシアンに忠実で逆らえないはずだが、ルシアンが闇属性の魔力を目覚めさせた頃から一緒にいる二人の関係はほぼ友人に近かった。

つまるところ、会話もそんな感じになる。

「もう、当の本人に本音が筒抜けなんだ。体裁を気にしても仕方がないだろう」

「それにしてもすげーな。『死に戻りの闇魔法』を使ったヤツを初めて見たけど、禁呪なだけあって呪い返しもすげーのな。まさか、意中の相手に本音垂れ流しになるとかどんな鬼畜の所業？ていうかセンスありすぎだよな……っくくく、あーおもしれぇ」

「……黙っててくれるか」

ルシアンはゴロゴロと床を笑い転げる黒猫をじろりと睨む。

しかし、クロードはどこ吹く風でさらに笑い転げている。

『呪い返し』とは、強力な魔法を使ったときに自分の身に返ってくる代償のことである。

――数日前、ルシアンは死に戻りの闇魔法を使って一年後から死に戻った。

目的はエステル・シャルリエの運命を変えるためである。

（今から一年後、エステルは義妹が差し向けた刺客によって殺される。事前にどんな動きがあっ

たのか定かではないが……。少なくとも、今回はエステルが気がつく前に何とかしたい）

両親から一方的に聖女の交代を言い渡されたことも、シャルリエ伯爵家で居場所がなかったことも、死に戻り前のルシアンが知るのはだいぶ先のことになった。

（今度は先回りを。そして、エステルには望む未来を）

決意を新たにしていると、クロードがとぼけた顔で聞いてくる。

「その『顔だけ聖女』の運命を変えたいんなら、まどろっこしいことしてないで妹を消すのが手っ取り早くないか？　国外追放でも抹殺でも何でも、王子様のお前なら簡単にできんだろ？」

「厄介なことに妹は聖女だ。理由なしに手は出せない。……しかし今度は絶対、あんなことにはさせない」

ルシアンは、自分だけが死に戻っていると信じていた。

第四章

闇聖女って人聞きが悪すぎます

Chapter 4

「……黒猫……」

朝。手切れ金がわりにもらったかわいらしい白いレンガの家の前で、エステルは木の上の黒猫と見つめ合っていた。

（この猫、何だか不思議な感じがするわ。ただの猫ではないような？）

「おはよう。朝ごはんは食べた？　ミルクでよかったらあるけれど」

「……」

愛想よく声をかけてみたものの、ぷい、とそっぽを向かれてしまった。

猫でも猫でなくても、仲良くしてくれる気はないらしい。

気を取り直して、エステルは庭の掃き掃除に戻る。

この家の周囲は白いレンガにぴったりの真っ白な木の柵でぐるりと囲まれている。

敷地内には季節の花々が咲くほか、ベリーの木も植えてあった。かわいらしく整った庭を見ると気持ちが和む。もしかして前の住人はガーデニング好きな人だったのかもしれない。

ちなみに、真っ白い木の柵には、昨日ルシアンが帰る時に何か魔法をかけていった。

とてもありがたいけれど、『男性客が入れなくなる闇魔法』などだったらどうしたものか。

いや常識的に考えればそんなはずはないが、彼に限ってはそんなはずあるかもしれないのが怖かった。

（だって、あのルシアン様は私が知っている彼ではないもの。でも……正直、今の方が話しやすくて好きだわ）

そこまで考えたところで『君が好きすぎる』と壊れたように告げてくる彼の顔が思い浮かぶ。いけないものを見てしまったような罪悪感の中に、少しだけ鼓動が高まる感覚があって、エステルはぶんぶんと頭を振った。

（違うわ。私はただ、ルシアン様が甘い言葉を告げてくるからドキドキしてしまうだけ……！）

一階には大きめのカウンターとして人気の店だったらしい。

ところで、ここは以前ベーカリーとして人気の店だったらしい。


一階には大きめのカウンターキッチン。白い木とアイボリーのタイルで作られたカウンターは、店内を明るく見せてくれて気に入っている。

広めのホールには花々が植えられた庭を見渡せる大きな窓。扉も壁も白とアイボリーで統一されていて、爽やかだった。

二階は居住スペースになっていて、だだっ広い寝室とバスルームのほかにテラスがある。

テラスには大きなソファとテーブル。とても気持ちがいいので、晴れた日はそこで食事を摂ることも多いし、ブランケットを被ってふかふかのソファに埋まりながら新メニューを考えることもある。

この家は王都のはずれにあるため、夜になると周囲は暗い。

満天の星を仰ぎながら目を閉じれば、ここ最近の心配ごと――実家のことや本音だだ漏れのルシアンについては忘れられる気がした。

つまり、エステルはこの家をものすごく気に入っている。

（私は家を出たし、アイヴィーから恨まれるようなことはもうないはず。ここでの暮らしを大事

にしたいわ）

掃除を終えたエステルは、小さく光属性魔法の呪文を呟いて周囲を浄化した。

浄化というと大袈裟だが、綺麗さを保ちよくないものを寄せつけない、光属性魔法ではポピュラーなものだ。

もちろん、エステルでも日常遣いできるほどにわずかな魔力で反応する。

「ふーん。顔だけ聖女、なんて呼ばれていても光属性の魔法はそこそこ使えるんじゃねーか」

さっき黒猫がいたほうの木の上からだみ声が聞こえて、エステルは掃除に使っていた柄杓とバケツを手に持った。

ピシャリ。

黒猫に向かって水をかけてやると、彼はひらりと木から下りて来た。

艶々の毛並みが美しいその猫は、くるりと回ると一瞬で人の姿に形を変えた。

「うわっ。猫に水かけるとか正気かお前」

「……猫ではないと思ったので」

喋る動物といえば使い魔だ。誰の使いなのかわからない以上、追い払うのが得策だろう。

エステルの目の前の青年は、肩までの黒い髪を後ろで一つに結び、琥珀色の瞳をギラギラと輝かせている。

年齢はルシアンよりも少し上ぐらいだろうか。

整った顔立ちをしていて、ルシアンが上品で高貴な王子様顔ならこっちは野性味溢れる男らしいイケメンというところだろう。

「オレはクロードだ」

「……」

「それにしても、近くで見るとすごい美人だな。さすが『顔だけ聖女』。ルシアンが夢中になるのもわかるな」

「!?」

ずい、と顔を覗き込んできた男に向かいエステルはさらに水を撒く。それはもう、びっしゃああああ、と。

別に、今このクロードとかいう使い魔が「ルシアンはエステルの顔が好き」とか言ったからではない。

そもそもそれは事実だ。確かに「顔まで好きだ」とか何とか言っていたし。

「にゃ、何すんだよ！」

「別に。猫は猫らしくもふもふらしく、かわいいままでいてほしいだけです」

そしてさらに水を撒く。

なぜなら、ここのところのエステルは混乱していた。

ルシアンの態度、というか口から滑り出る言葉を見ていれば、ルシアンはエステルの顔以外が好きなのだと一秒でわかる。

（でも、ルシアン様が私をそれほどに好きになるきっかけがなくないですか……？）

エステルとルシアンは、死に戻り以前はただの政略結婚の婚約者だったはずなのだ。

もしかして人違いだったのではないだろうか。

目の前で好きすぎると訴えられても、十歳前後から『顔だけは美人なのに』『顔だけは歴代の聖女様と比べても遜色ないのに』と言われてきたエステルにはちょっと信じられないのだ。

「おい！　お前！　悪かったよ」

無心で水を撒き散らし続けるエステルに、クロードと名乗った男はやっと詳しい話をしてくれる気になったらしい。

「オレはクロードと言って、ルシアンの使い魔だ」

「あなたの主人はルシアン様なのですね」

「そう。お前を守るように頼まれてきてる。でもあいつ、すげー結界張ってんのな。これならオレいらなくね？」

「……」

あまりよくない予感に、エステルは目を閉じ神に祈り、すうっと息を吸う。

「……ルシアン様は、ここに一体どんな結界を？」

「お前に敵意を持つ人間と、好意を持つ男がこの柵を越えられない闇魔法の結界」

「……」

しっかり営業妨害だった。

その日、クロードは意外とエステルの役に立ってくれた。

買い出しに行けば荷物を持ってくれたし、〝顔だけ聖女〟を揶揄うような周囲の視線も恫喝してくれたし、重い家具もひょいひょいと動かしてくれた。

口はありえないほどに下品だが、悪い使い魔ではないらしい。

正直なところ、ひとりぼっちでさみしかったエステルは良き話し相手を得た気分になっていた。

夕方の白いレンガの家。エステルとクロードの一日を聞いたルシアンはほっとしたように微笑んだ。

「よかった。一応、安全が保証できるような結界を張って行ったんだが。危ないことは何もなかったようだな」

（……それはこの家の柵に張られた営業妨害の結界のことでいいのかしら？）

詳しく聞きたいところだったが、また甘い言葉を吐かれては困る。なるべくそっち方面には行かない方向でエステルは応じることにした。

「クロードと仲良くなるのは難しそうですが、なんとか上手くやっていくことはできそうです」

「……クロード？」

今日、言葉を反芻するのはルシアンだった。不機嫌さを隠さずに聞いてくる。

「どうしてアイツのことは名前を呼び捨てにしているんだ」

「本人が使い魔に敬称はいらないというので」

「わかった。俺も似たようなものだ。至急呼び捨てにするように」

「⁉　どう考えても違いますけれど⁉」

顔を赤くして震え上がったエステルだったが、ルシアンは当たり前のように続ける。

「今日は、第二王子じゃなくて使い魔だったらずっとこの家にいられるのだろうなと思って一日を過ごした。それから、エステルの顔が見たくて、会いたくて仕方がないから来た。君のことを考えたら何も手につかないんだ」

「な……なにもてにつかない」

いろいろと衝撃的なことを言われた気がする。

乾いた口をぱくぱくとさせたエステルは、かろうじて最後の言葉だけを受け止めた。

しかしこの至近距離でその言葉を吐くのはいかがなものだろうか。

耳まで熱くなって固まったエステルに、ルシアンは美しい顔を悪戯っぽく崩し微笑んだ。

「……大体のことは聞き流してくれるんだろう？」

「……⁉」

(確かに、この前私は大体のことは聞き流すと言ったけれど……！　待って、もしかしてこれはわざとなの⁉　すっかり慣れてきてる……さすがルシアン様だわ)

何とか体の自由を取り戻したエステルは慌ててカウンターの中に引っ込むと、コンロに火をつけた。

　とにかくお茶でも淹れて落ち着きたい。ガチャガチャと準備をしていると、ルシアンが低い声で告げてくる。

「……今のは言おうと思って言った」

「！」

「本心だが、言おうと思って言ったから平気だ。でも、うっかり思っていることが出てしまった時はあまり反応しないで聞き流してくれると助かる」

「…………！」

「多分、俺もその時は普通の顔ではいられない」

「…………！？！？」

（この方……本当にどなたですか……！）

　呪いで甘い言葉が滑り出るならまだしも、狙って言うとは何事なのだろうか。

　エステルが知っている彼の姿とはあまりに違いすぎて、ぽかんと開いた口が塞がらない。

「うわ！　むず痒くて死ぬ！」

　窓際の椅子に座り、エステルとルシアンの会話を見守っていたクロードが叫ぶと、ルシアンは凍りつくような視線を送る。

「それならそれでいい。可及的速やかに死ね」

「お前、自分の使い魔にそういうこと言うか⁉　王子様っぽさ皆無だぞ⁉」

(この二人って、一体……)

　まるで子どものようなやり取りに、エステルののぼせ切った頭が冷えていく。

(……あっ)

　その時、エステルの手元のコンロから火が上がった。緊張しすぎて、鍋に水を入れないまま火にかけていたらしい。

　慌てて水をかけようと水さしに手をかけたエステルだったが、それよりも早くルシアンが何かを唱えた。

　すると、火を吹く小鍋の上にとぷんと水の塊が現れて、そのまま下に落ち火は一瞬で消えた。

「⁉」

(今のは何？)

　呆気に取られているエステルの手を、いつの間にかカウンター内に入ってきていたらしいルシアンは当然のように取る。

　怪我がないかじっくり確認しているようだ。

「……怪我がなくてよかった。普段はあまり言わないようにしているが、俺は二属性持ちなんだ。闇の他に水も使える。少しだが」

「な、なるほど」

(そういえば、稀にそういう人間が生まれてくると聞いたことがあるわ。目の前で見たのは初めてだけれど、ルシアン様なら納得だわ)

珍しい光属性持ちながらも魔力量が少ない『顔だけ聖女』のエステルにとってはとても羨ましいことである。

気を取り直し、黒焦げになった鍋を片づけ新しい鍋を取り出したエステルは、そこにもう一度水を入れて火にかける。紅茶を淹れるはずが、頭の中は別のことでいっぱいになっていた。

（今、ルシアン様は私の手を自然に触ったわ？）

怪我がないか確認してくれただけだとわかっているのにちょっと鼓動が速い。

しかも、本音だだ漏れの彼なら余計なことを口走りかけて顔色が紫になってもおかしくないところだ。けれど、そんな素振りは全くなかった。

真摯に自分のことを心配してくれるルシアンに調子が狂ってしまいそうなので、エステルは紅茶を淹れることに全神経を注ぐことにする。

鍋の水が沸騰したら紅茶の葉をスプーンで二杯。ぐつぐつ煮て、茶葉が開いたところにミルクを加えた。

（スパイスは……今日はやめておきましょう）

ルシアンはともかく、たまに猫になる使い魔に珍しい味のスパイスはきついだろう。そんなことを考えていると、ルシアンが隣からこちらを凝視しているのに気がついた。

「？　何か……？」

「うーん。エステル。その歌、やっぱり闇属性魔法の呪文をベースにしたものだと思う」

「私、また歌っていましたか⁉」

エステルは昨日ケークサレを焼いたとき同様、気がつかないうちにまた『シャルリエ伯爵家の厨房に伝わる歌』を口ずさんでいたらしい。

恥ずかしい、と慌てて口を噤んだものの、ルシアンの意図は違うところにあるらしかった。

「そして、今見たところ、しっかり闇魔法が発動してるな」

「…………………はい？」

自分は光属性のわずかな魔力を持つだけの『顔だけ聖女』である。

思いがけないルシアンの言葉に、エステルはたっぷり固まってただ目を瞬くしかない。

「あの。念のためお伺いしますが……闇魔法、ってルシアン様がお持ちになっている闇属性の魔法ということであっていますか？」

「ああ、そうだ」

「……」

意味がわからない。しかも、闇属性の魔法は極めて限られた人間しか持たない貴重なものだ。もし使えたとしたら死に戻り前に家を追い出されるはずがないし、刺客に襲われても簡単に返り討ちにできただろう。

（私にはわずかな光属性の魔力しかないわ。だから今こうなっているわけで）

エステルは、とりあえず今できあがったばかりのミルクティーを濾してカップに入れた。このままにしておくと渋くなってしまう。

自分の分と、ルシアンの分と、クロードの分。

三つのカップから湯気が立ち上って、室内にミルクの甘い香りが広がっていく。

「興味深い話題ではありますが、まずはどうぞ召し上がってください。闇魔法で作ったミルクティーです、……なんて」

「いただきます」

「あっ」

ほんの冗談のつもりだったのに、ルシアンは間髪入れずにカップを手に取り、飲んでしまった。

王族らしい仕草でこくこくとミルクティーを味わったルシアンは、ふっと微笑んだ。

「まず、おいしい」

「ありがとうございます」

「毎朝飲みたい」

「それは無理ですね」

「控えめに冗談を言うエステルがかわいすぎて死にたいんだが」

「!?」

「……今のは聞き流すところだ」

最後のはうっかりだったらしい。同時にルシアンが頭を抱えたのを見てエステルは慌てて視線を逸らした。うっかりは聞き流す約束である。

しかし味に関しては嘘ではないらしい。ルシアンの顔色が紫になっていなくて、エステルは心底ほっとした。

けれど、ルシアンは緩み切っていた表情を引き締めると、コホンと咳払いをし空気を変えて側近を呼んだ。

「クロード。猫になってここに来い」

「何だよ」

文句を言いつつクロードは人から猫の姿になり、たったか駆け寄ってくる。そこにルシアンがカップを押し出す。

「これを飲んでみろ」

「えーやだよ。猫。猫舌。熱いの無理泣いちゃう」

「ちょっとで済むから我慢しろ」

「無理なもんは無理にゃ」

「お前、その、猫になるとぶりっ子する癖は本当にやめろ」

（ルシアン様が猫とじゃれあっている……）

この光景は一体なんなのだ。

完璧すぎるはずの彼がますます人間ぽく感じてときめいてしまう。

（違う、そうじゃなかった……）

見かねたエステルはクロード用のカップに氷をふたつ入れてやった。これで大分飲みやすくなるだろう。

「もしよろしければこれをどうぞ」

「お前気が利くにゃ」

ぶりっ子のクロードはぴょんとカウンターに乗る。

そして氷入りのミルクティーをひと舐めした。

「うまい」

「当然だろう。エステルが作ったんだ」

ルシアンに睨まれつつ、クロードはさらに飲んでいく。

口の周りと髭にミルクがついて、黒猫が白猫になりかける。エステルが『かわいい』と思う間もなく、その変化は起こった。

カウンターに乗っていたクロードがゆらりと揺れたと思ったら、彼の大声が室内に響く。

「うわっ⁉」

次の瞬間には、人の形をしたクロードがカウンターに座っていた。

「……⁉」

「やっぱりな」

（クロードは今くるっと回っていないのに！）

一日を一緒に過ごしてわかったのだが、クロードは猫から人間の姿になるとき、くるっと回る。

それなのに今は勝手に人間の姿になってしまったように見えた。

どうして、とエステルは目を瞬くことしかできない。

しかし、ルシアンは動揺することなくミルクティーを飲み干し、「ごちそうさま」とカウンターの上にカップを置いた。

「実は、昨日もこの家に結界を張って帰ろうとしたんだが」

「……クロードに聞きました。私、気がつかなくて……ありがとうございます」

「それは全然いいんだ。俺がそうしないと気が済まないから。……だが」

ルシアンは窓の外――白い柵、に視線をやる。

「普通に、エステルを害する人間を弾くものだけ張ろうと思ったんだ。でも、魔力が満たされていてどんなことも容易に思えた。結果、エステルに好意を持つ男を弾くものまで張れた。おかげで安心して王城に戻ることができた」

「……ナチュラルに爆弾発言をしないでいただけますか……」

クロードから聞いていたとはいえ、あらためて知りたい情報でもなかった。この発言もうっかりだったらしいルシアンは片手で赤くなった顔を隠しながら続ける。

「闇属性の魔法とは、光属性と対極にある。光がすべてを照らし外側から浄化し癒すのに対し、闇は完全なる陰だ。内側に入り込み、中身を変えていく。今は存在しないが、大昔に知られた毒薬や秘薬の類は闇属性の魔法を扱う人間が編み出したものだったらしい」

ルシアンの意図がなんとなくわかったエステルは、息を呑む。

（つまり、私は光属性だけでなく闇属性にも適性を持っていて、そのせいで作るものには変な効果が付与されるってこと……!?）

「昨日、俺はエステルが焼いたケークサレを食べた。それで楽に難易度の高い結界を張ることができた。今、クロードが意図せず猫から人間になったのも、このミルクティーを飲んで勝手に魔力が満たされたからだと思う」

「どうして？　私、ほとんど魔力がないんじゃなかったの……」

「光属性の魔力がわずかしかない、ということだったんだろうな。真の力は闇の方で発揮される。――本当に闇属性と光属性のふたつを持っているとしたら、過去にもいないんじゃないか。作ったものが毒薬にならないのは光属性とうまく反応していそうだ。調べてみないとわからないが」

人の姿でミルクティーを飲みつつ、二人の会話を聞いていたクロードはへへっと笑う。

「んじゃあれか。こいつは、〝顔だけ聖女〟じゃなくて〝闇聖女〟だったってことだな」

「!?」

（ネーミングセンス……！）

言いたいことはわからなくもないが、ちょっと人聞きが悪すぎるのではないだろうか。これではまるで悪い魔女や魔王のようである。

エステルがクロードに剣呑な視線を向けると同時に、ルシアンからはなにか黒いもやもやっとしたものが出た。

そのもやはクロードの脇の下に入り込み、あやしく動く。

「ひえー！　くすぐったい！　ゴメンナサイ！　もう悪口言わないからオレ！　使い魔に優しく、お願い！」

ルシアンはクロードの悲鳴を完全に聞き流して残りのミルクティーを味わっている。

（ルシアン様って、魔法を使ってこんな悪戯をするのね⁉）

意外すぎて目が点になる。

しかも、使っているのはこの世界で極めてめずらしい闇魔法……とまで考えたところで、どうやら自分もそれを使えるらしいことを思い出し、エステルは首を振った。

（今日はもうこれ以上考えるのはやめておこう、頭がパンクしそうだわ）

ちょうどそこでルシアンの呟きが聞こえる。

「はぁ。エステルの猫になりたいな。撫でられたい」

「……⁉」

本人は気がついていないようなので、その日最後のだだ漏れるルシアンの本音は聞き流すことにした。

第五章

レモンタルトは仲直りの味

Chapter 5

それから数日後。

「いい匂いだにゃ。味見してやろうか」

キッチンカウンターの上、黒猫の姿でぶりっこをしながら現れたクロードに、エステルは微笑みを返す。

「ええ。でもまずカウンターから下りてくれる？　だってそこで人の形になられたら大変だもの」

「へいへい。で、今日は何焼いてんだ？」

「レモンタルト。これも家から持ってきたレシピなの」

「うへえ。オレ、レモンはちょっと」

「好き嫌いしないの。私は闇聖女だから、お借りしている使い魔が好きな食べ物ばかり作るわけにはいかないの」

「あ、オレに闇聖女って言われたの根に持ってるう」

エステルとクロードは意外と仲良くやっていた。

ルシアンには執務があるため、頻繁にここに来るわけにはいかない。

その代わり、クロードは護衛としてずっとここにいてくれている。

出会いは最悪だったけれど、ルシアンの使い魔でありいざというときには人の姿にもなれるクロードは、初めての一人暮らしに奮闘するエステルの心強い味方だった。

ちなみに、エステルが闇属性持ちということは当然三人だけの秘密である。

これまで闇属性の魔力持ちだとわからなかったのは、そもそも闇属性の呪文を唱えたことがなかったからだ。

もともと闇魔法の使い手は、これまで国にルシアン一人しかいなかったほど希少な存在だ。思い至らなければ確かめる機会もないだろう。

「うん、いい色だわ」

オーブンを覗き込んだエステルは、甘くフルーティーな香りに思わず唾を飲む。

レモンタルトは綺麗に焼けていた。タルト生地とクリームの上にたっぷりのせたメレンゲがこんがり色づいていてとてもおいしそうだった。

爽やかなこのレモンタルトはシャルリエ伯爵家の厨房で教わったもの。

エステルはこの王都のはずれにある白いレンガの家で、貴族の館で出すようなちょっと高級なスイーツを気軽に食べられるカフェを開くつもりでいる。

(私が聖女ではなければやってみたかったこと、それがカフェなのよね)

伯爵令嬢が行儀見習い以外で働くなんて普通はありえないが、こうなったからにはしっかり新しい人生を送って夢を叶えたい。

それに、せっかく手切れ金付きで家から出て行くことになったのだ。

アイヴィーの邪魔になって殺される人生なんてまっぴらだし、自分で働くのはアイヴィーの邪魔にならないアピールにもなって好都合だった。

(それにこうして楽しく過ごせるのは、私がシャルリエ伯爵家を出ようとした日にルシアン様が

来てくれたおかげなのよね。死に戻った後のルシアン様の言動には困惑することばかりだけど、感謝しているわ）

正直、何度お礼を伝えても足りないぐらいなのだが、その度に度を超えた賞賛と甘い言葉が返ってくるので感謝の気持ちを伝えるのは最低限にしている。そうしないと、顔色が紫色になりすぎたルシアンの命が危ない気がする。わりと本気で。

（でも、あの日彼はどうして急に私のところを訪れたのかしら？）

思い返す度に湧き上がる疑問だが、どうしてもその答えは見つからなかった。

タルトの匂いをクンクンと嗅いでいた黒猫のクロードが聞いてくる。

「お前、何で店なんてやりたいんだ？　もっと他の過ごし方もあるだろ」

「まぁ、普通はそう思うわよね。お金だってたくさんあるし。……でもね、小さい頃のある出来事がどうしても忘れられなくって」

クロードに相槌を打ちつつ、エステルはその出来事を回想する。

そう、あれはエステルが子どもの頃のこと。

まだアイヴィーがシャルリエ伯爵家に引き取られる前の話だ。

◆

その日は、エステルの母親が定期的に参加しているお茶会が、シャルリエ伯爵家で催されることになっていた。

ホストとして準備に忙しく動き回る母親に、エステルは声をかける。

「お母様、お願い！　今日のお茶会のお茶菓子に、私が焼いたケークサレを並べてもらえないかしら？」

「もうエステル、何を言っているの。そんなことをできるわけがないでしょう？　今日ご招待しているのは高位貴族の皆様やそのご子息とご令嬢ばかりなのよ。シェフが作ったものしかお出しできないわ」

「……はい。そうですよね、ごめんなさい」

「エステルが作るお菓子がとってもおいしいことは知っているわ。でも、家族で楽しみましょうね」

慰めの言葉に微笑んで頷くと、母親は満足そうにエステルのそばを離れて行った。

今日は相当に忙しいらしい。エステルが焼いたケークサレを並べるどころか、普通に相手をしてもらうことすら難しいだろう。

（今日のお茶会は私も出席するように言われているのよね。でも、つまらないわ）

自分の立場はわかっている。

大人の輪の中に入れば、お淑やかに伯爵令嬢らしく振る舞えるが、別にそれが楽しいわけではないのだ。

エステルはバタバタと走り回る母親やメイドの目を盗み、厨房に入り込んだ。

そして今朝焼いたばかりのケークサレを取り出し、ひとつひとつ綺麗にラッピングする。

（さっき、お母様は高位貴族のご子息やご令嬢も集まると仰っていたわ。大人は無理でも、私と同じ子どもなら……！　もしかしたら、食べてくれる子がいるかもしれない）


しかし人生、そんなに甘くなかった。

一つも減らないケークサレが入ったバスケットを手に、エステルは庭の隅へと足を進めていた。

もちろん、一人でケークサレをやけ食いするためである。

「お母様が仰る通りだわ。考えてみたら、子どもが焼いたお菓子を気軽に口にする貴族なんてそういないもの」

エステルはケークサレを勧めるどころか、気後れして手作りのお菓子の話題を出すことさえできなかったのだ。

（これは自分で食べてしまおう）

エステルは、いつもの場所を目指して歩いていた。

庭の隅に植えられたリンゴの木はエステルのお気に入りの場所。少し小高い場所にあるため日当たりが良く、気持ちがいい。

いつも、エステルはそこで本を読んだりお菓子を食べたり教わったばかりの刺繍を楽しんだりするのだ。

お目当ての場所にたどり着いたエステルは目を瞬いた。

（あら。先客だわ……）

木の根元に座り込んでいるのは、一目で高貴だとわかる少年。

エステルの二番目の兄と同じぐらいの年齢だろうか。しかしそれにしては視線や身のこなしが大人びているように見える。

何よりも、彼はとんでもなく神々しい見た目をしていた。

きらきらとしたブロンドが太陽の光に透けて輝いている。長いまつ毛と青い瞳が目を惹く顔立ちは、絵本の中の王子様がそのまま現れたかのような美しさだ。

「あの……」

「何？」

「！」

とりあえず話しかけてみたが、つっけんどんに返された。少年の美しい外見で睨まれると怯んでしまう。

どう考えても『そこは私の場所で』などと言えるような雰囲気ではなかった。

自分がお呼びでないと悟ったエステルはくるりと踵を返すことにする。

（今日のお茶会のお客様だわ。名乗ることは許されていないし……とりあえず失礼がないようにお母様のところに戻りましょう）

「不躾に声をおかけしまして、申し訳ありませんでした。私はこれで」

明らかに自分より高貴な生まれの少年だ。彼に名乗ることを許されなければ、会話はできない。

エステルは教わったマナー通りにこの場を立ち去ろうとしたのだが、意外なことに少年は貴族社会のルールを完全無視してエステルが持っているバスケットに興味を示してきた。

「何かおいしそうな匂いがするね。もしかして、お弁当の時間だった？」

「いいえ、違います」

慌てたエステルが首をぶんぶん振ると、少年はためらうことなくバスケットの中を覗き込んでくる。

「これはケークサレ？」

「……はい。でも、私が自分で焼いたんです」

「へえ。……食べてもいい？」

「！」

思いがけない言葉に、エステルは目を瞬いたのだった。

◆

「子どもの頃にね、人に私が作ったケークサレを食べてもらったことがあったの。周りは貴族の子どもばかりじゃない？　だから、毒見とかいろいろあって普通はそんなこと叶わないの。でも、そのときは偶然」

「へー」

「多分あの日、私ひっどい顔してたと思うの。お茶会はつまらないし、ケークサレは誰も食べてくれないしで、わがままで不機嫌の極みだったと思うの。あの子は、きっとそれをわかって食べてくれた。そしておいしいって言ってくれたの」

「それがカフェをやりたいと思うようになったきっかけにゃ？」

エステルはこくりと頷いた。

あらゆる願いの根っこにあるのは、意外と単純な出来事だったりするものだ。

「さて！　ルシアン様はレモンタルトはお好きかしら。この前ケークサレを召し上がったのは、懐かしいお菓子と仰っていたからよね……」

「んにゃ？　アイツは何でも喜んで食べるだろ。普段何見てんだよ」

「……そうでしたね……」

自分を好きすぎるらしい元婚約者を思い浮かべたエステルは、顔を引き攣らせつつなんとか平静を保った。彼が自分を好きすぎること自体、本当に解せない。

コンコン。

そのとき、扉が叩かれた気配がしてエステルは入口の方を見る。

「誰かしら？」

「ちょっと見てくるにゃ」

黒猫だったクロードがくるりと回って人の姿になる。

ルシアンは多忙で、数日間はここに来られないと聞いていた。だからこそ代わりにクロードがいる。ルシアンが外に結界を張って行ったものの、効果はそんなに長く持たない。

何かあったときはクロードだけが頼りなのだ。

（ルシアン様以外に、ここを訪ねてくるような人なんていないのに）

「ん？　何だこれ」

扉を開けたクロードがしゃがみ込んで何かを拾っている。

エステルも隣からそれを覗き込んだ。丸くて小さい、灰色の石のようなもの。というか、石そのものだった。

「これは……小石かしら？」

ヒュン。

「……うぉっと！」

もう一つ何かが飛んできたのをクロードがぱしりと掴み取る。

飛んできた方向を見ると、子どもがいた。

（近所の子かしら……）

まん丸の顔と瞳でこちらを見つめている。

けれど、唇は引き結んでいて何か怒っているような表情だ。

「ねえ、……あっ」

エステルが声をかけると、男の子は踵を返して走り去る。

それを見送ったクロードは頭を掻き掻き立ち上がった。

「何がしたかったのかはよくわかんねーが、ルシアンが張ってった結界の効果は切れてるみてーだな」

「あの子……私に敵意を持って小石を投げに来たってこと……？」

「ああ。一応、ルシアンに報告するぞ。ここらへん一帯が消えてなくなるかもしれねーが」

「……冗談でもやめて……」

完全に冗談とも言い切れないのが恐ろしい。何という第二王子だろう。

そう思ったら、一瞬感じたはずのモヤモヤはすっかり消え去っていた。


翌日。

エステルは、昨日焼き上げて冷やしておいたレモンタルトにナイフを入れた。

程よく焦げ目のついたメレンゲはさっくりと切れ、檸檬色のクリームとどっしりしたタルト生地が顔を出す。

「うん。おいしそう」

「本当においしそうだな。顔を見せてくれたうえにレモンタルトまで焼いてくれるなんて。エステルに会いにくるため、昨日徹夜してよかった。神はいた」

「て、徹夜……神……？」

さらりと告げてくるルシアンにエステルは目を瞬いた。

これは絶対に聞かせる予定のない本音で、本当にいたたまれない。

けれど口にした本人は気がついていないらしく、さらに甘い言葉を重ねてくる。

「ああ。最近の俺にはエステルが足りなかったから」

「わたしがたりなかった？」

ひさしぶりの本音に思わず復唱してしまうと、ルシアンは一瞬固まってから天を仰いだ。

そして両手で端整な顔を覆い、ため息を吐く。

「今、俺は何を？」

「言ってもいいですか？」

「やめてくれ。いちいち立ち止まらないで聞き流してほんと」

「聞いておいて……！　そっ、そんなに真っ赤になるぐらいなら、うっかりしないよう気を抜かないでもらっていいですか！」

エステルの方もこうして反論する余裕まで出てきている。

一緒に頬を染めてはいるけれど。

しかし、それでも隣ででろでろに表情を崩している青年があのルシアン・クラルティ第二王子殿下だとはなかなか信じ難いことだった。

（私を好きだと言ってくること以外、死に戻る前とルシアン様の様子に変わりはないのよね……）

クロードが憎まれ口を叩きつつ、ルシアンに逆らうことがないのも主人と使い魔という関係だけでなく確固たる信頼があるのだろう。

　エステルへの感情だけが暴走している現状は、正直なところ本当に訳がわからなかった。

「お前たち面白いにゃ。もっとやれ」

「ぶりっこはやめろ」

（……ん？）

　ルシアンが黒猫の姿をしたクロードに剣呑な視線を送ったところで、扉の方でまたカツンと音がした。

　三人分のレモンタルトを切り分け、盛り付けを終えたエステルは首を傾げる。

（もしかして、昨日の子どもかもしれない）

　様子を見に行こうとカウンターから出たところで、ルシアンに肩を支えられた。

　普段はきちんと距離をとって接してくれているのに、こういうときだけの躊躇いのない動きにどきりとしてしまう。

「俺が行く」

「いいえ、ここは私の家ですので自分で出ます。クロード、一緒に来てくれる？」

「にゃー」

　クロードの猫のフリは完璧なようである。しかし必要はない。

「ルシアン様はキッチンカウンターの中の見えない場所に隠れていていただけますか。こんなところに第二王子殿下がいらしていると知られたら大変ですので」

「俺は君の婚約者だろう。何の問題があるんだ」

「いいえ大ありです！」

ずっと平行線のままの婚約解消に関する話し合いを、今ここで蒸し返している時間はない。

エステルは不満げなルシアンをカウンターの中に押し込み、心の中で不敬を詫びつつテーブルクロスをバサッとかけると、抗議の声を無視して扉に向かった。

「どちらさま……きゃっ⁉」

扉を開けた瞬間に飛び込んできたのは案の定小石である。

それをジャンプした猫の姿のクロードが前足で弾き返す。

（この子たちは……）

そこにいたのは、三人の少年だった。

先頭に立っているのは昨日も来た丸顔の子ども。残りの二人は少し怯えるようにして隠れている。

「何の御用かしら？」

エステルが穏やかに問いかけると、丸顔の少年は矢継ぎ早にまくしたてた。

「お前、〝顔だけ聖女〟なんだろ！　大人が言ってた！」

「え」

「顔だけのやつは出て行け！」

「え」

「新しい聖女様が〝前の聖女のせいでこの国は滞った〟って言ったって。大人がみんな顔だけだから仕方ないって言ってた気がする！」

「え」

「なんでこの白い家を買ったんだよ！　ここは俺たちの基地だったのに！」

「ええっ⁉」

あまり穏やかではない話題が目白押しだが、彼らの本題は絶対最後の言葉に違いない。

クロードも猫の姿のまま教えてくれる。

「オイ。こいつらの本題は絶対最後のやつだぞ。惑わされるな」

「ええ、そうね。わかっているけれど」

（つまり、私がこの家を買う前、ここはこの子たちの遊び場になっていたということよね……）

申し訳ない気はする。

けれど、こうして人に石を投げつけるとはいかがなものか。

比喩で『石を投げる』は聞いたことがあるが、リアルでこんな目に遭ったのはエステルもさすがに初めてである。

危ないし、何よりも当たったら痛い。

（それに、彼らは『大人が言ってた』を連呼しているけれど……私ってそんなに嫌われるようなことをしてきたのかしら。魔力が少ないなりに、一応は頑張ってきたつもりだったけれど）

この国で聖女に求められるのは、定期的に各地に発生する『瘴気』を光属性の魔法で浄化することだ。

その儀式をこなすには、エステルの魔力量では時間がかかるし、一日に一回が限度だった。

けれど、瘴気が発生する頻度はそれを上回ることがない。

だからこそエステルは自分を揶揄する声は聞き流してこられた。

魔力が少ないことは残念だし、歴代聖女のように華やかで盛大な儀式ができないのは申し訳ない気がしたけれど、自分に求められている役割はきちんとこなしてきた。

何よりも誰にも迷惑はかけていないはずなのだ。

(そういえば、アイヴィーは瘴気を浄化する儀式を派手に行って、注目を集めていたわね)

死に戻り前のこと思い出しつつ、どうしたものかと思ったところで、周囲に黒いもやのようなものが見えた。

(あっ……これはダメだわ!)

その正体が何なのか一瞬で察したエステルは、心の中で悲鳴を上げた。

ルシアンが闇魔法を展開する直前には、一瞬だけ黒いもやのようなものが広がる特性がある。

今まさに、その黒いもやが辺り一帯に広がっている。

「何だよこの黒いの!」

リーダー格の丸顔の少年は驚いて逃げようとし、尻もちをついた。

いつの間にかルシアンはキッチンの中のテーブルクロスから抜け出し、扉のところまで来ていた。

ルシアンは、主人の暴走を肩にぴょんと乗ったクロードに告げる。

「大丈夫だ。少しびびらせるだけだ。何より、この子どもたちに社会のルールを教えた方がいいだろ。教育的措置だ」

「王子様、言葉遣い」

クロードが呆れたように言うが、ルシアンは聞き入れる気配がない。

(冷静なルシアン様はどちらへ……?)

エステルも一瞬呆けかけたものの、意識を呼び戻す。

どんな理由があったとしてもここでのルシアンの振る舞いは醜聞の元となりかねなかった。

慌てて少年たちに向き直ると、視線を合わせて話しかける。

「ねえ。私の『顔だけ』の何がだめなのかしら」

「え」

今度、呆気に取られるのは子どもたちの番だった。

「私はもしかしたらそんな風に呼ばれていたことがあったかもしれない。でも、一応役割は果たしていたはずなのだけれど」

「……だって、大人が」

急にしどろもどろになった丸顔の少年に、エステルはずいと顔を近づける。

「そもそも、顔だって歴代の聖女様たちのようには美人じゃないかもしれないじゃない。顔だけ、って呼ばれるのすらもったいない可能性もあるわ。ほらよく見て」

「「「………」」」

　少年三人がたっぷり固まった後。

「……いや。うちの母ちゃんよりずっと美人だろ……」

「……広場にある偉大な聖女様の像そっくりだよ。めっちゃ綺麗なやつ」

「……結局顔だけってことじゃんそれ」

　結局は『顔』に落ち着いたようである。

　話し合いでの名誉挽回を諦めたエステルはため息を漏らした。

「ねえ。あなたたちの遊び場だった場所をとったことは謝るわ。でも、石なんて投げていいの？」

　丸顔の少年は目を泳がせる。

「……聖女だろ。傷なんてすぐに治せるだろ」

「顔だけなのに？　それに、そもそも聖女の魔法では傷は治せないの」

「え。……そうなの？」

「ええ。勘違いをしている人もいるけれど、聖女の光属性魔法で消せるのは傷じゃなくて穢れ。悪いものを消し去るから病気や怪我も治せると思い込んでいる人もいるけれど、それは行き過ぎなの」

「……」

「まぁ、私は聖女自体やめたのだけれどね。私の名前はエステルと言います。少し前からここに住み始めた普通の人間です」

にこりと微笑むと、少年はさらに視線をさまよわせる。

その頃には、黒いもやは跡形もなく消えていた。

ルシアンも大人しくエステルの背後で見守ってくれているようである。

国の王子様が未来ある子どもを闇魔法でびびらせる、という不名誉な醜聞は誕生せずに済みそうだ。エステルは安堵しつつ続けた。

「別に謝ってもらわなくてもいいわ。だけど石を投げるのはやめて。あと大人の言うことは聞いた方がいいこともあるけれど、でもそれを理由に誰かを傷つけちゃダメ」

「……ごめんなさい」

「ごめんなさい」

「ごめんなさい」

リーダー格の少年が丸い顔を真っ赤にして謝ると、すぐに後ろの二人も続く。

手に握られていた石もぽとりと地面に落ちた。

（これで和解はできたはず……）

しゃがんで視線を合わせていたエステルは立ち上がる。

つられて子どもたちも腰を上げた。すると。

「……痛ったあ」

立ちあがろうとした丸顔の少年が顔を引き攣らせる。

どうやら足が痛いらしい。

「もしかして今転んだときに足を捻った？　見せて」

「いいよ。こんなのツバつけとけば治るし、聖女は怪我を治せないんでしょ？」

「ふふっ。だけど、怪我に効く薬は持っているわ。中で手当を。ちょうどタルトもあるの」

「……」

中に案内しようとしたのに、彼は差し出したエステルの手をじっと見つめている。

（もしかして）

彼らは不思議な黒いもやを見たばかりなのだ。得体の知れないものが発生するエステルのカフェが怖いのかもしれない。

「あ、もしかして私のカフェに入るのが心配なのね？」

少年が決まりが悪そうに目を泳がせたのを見て、エステルはルシアンをすすすと押し出した。

「先客をご紹介します。ルシアン・クラルティと言ってこの国の王子様なのだけれど、ご存じかしら？」

「ルシアンだ」

「クロードだ」

紹介していないはずのクロードまで挨拶をすると、三人の目が揃って丸くなった。

「!?　王子殿下だ！　てことはもしかしてさっきのってルシアン様だけが使える闇魔法!?　やべー」

「おれらに使われるとこだっただろう？　違う意味でやべーよ」

「しゃべる猫だ！　使い魔ってやつか!?」

子どもたちの反応に気を良くしたらしいクロードが、くるりと回って人間の姿になり偉そうに告げる。

「中に案内する。ついてくるように」

（よかった。大人の言葉に感化されすぎただけで、根はいい子たちみたい）

それを見送りつつ、エステルはなぜか一歩も動かないルシアンに視線を送る。

たった今気がついたのだが、ルシアンの顔は紫色に染まっていてついでに息も苦しそうである。

間違いなく何か言葉を我慢していた。

「大丈夫ですか？　聞き流すのでどうぞお話しになってください」

エステルが告げると同時に、ルシアンは口元を片手で隠した。

けれど視線は逸らされずにそのままである。

青みがかった夜明けの湖のような瞳に至近距離でエステルを映し、熱っぽく呟いた。

「――エステルはやっぱり天使のようだ。愛おしくて無理だ」

「……っつ!?」

覚悟はしたうえで促したものの、強烈すぎる一撃である。

すっかり真っ赤になってしまったエステルに向け、開き直ったルシアンはさらにダメ押しの一言を放つ。

「……聞き流せないならお話しになってくださいなんて言わないでくれるか？　そんな優しいところもかわいすぎるから」

「⁉」

固まったままのエステルは、店内に戻っていくルシアンの背中をただ見送るしかなかった。

（本当に、聞き流すなんて言うんじゃなかったわ……！）

彼には、もう何も考えないでほしい。

怪我をした少年を椅子に座らせたエステルは、薬箱から湿布を取り出した。

「《キュア》」

そこに光魔法の呪文を唱えると、大人しく見守っていた少年は目を見開く。

「おい、待てよ。聖女の魔法で傷は治せないんじゃなかったのかよ」

「もちろん治せないわ。これはただのおまじないなの」

「おまじない？　でもその湿布ちょっと光ってない？」

「みんなが想像しているような効果はないわ。この湿布が効く時間をわずかに延ばすぐらいのものなのよ」

光属性の魔法は『穢れ』を浄化することにまつわるものがほとんどだ。

この《キュア》もその類なのだが、傷や怪我に向かって唱えたところで何も起こらない。

ということで、湿布の効果を長持ちさせるなどの意味でエステルは気休めに使っている。

けれど、エステルが役に立たない聖女だと思い込んでいた少年にはなかなかのインパクトだったらしい。

急に無口になった後、ポツリと言った。

「ごめん」

「？　さっき謝ってもらったからもういいのよ」

「違う。石を投げたことだけじゃない。〝顔だけ聖女〟なんて言って、ごめん」

「……」

「エステルは大人が言ってたような聖女じゃなかった。顔だけなのに、妹に地位を譲らなかったって誰かが言ってたから……おれ……」

（まぁ、この辺りは死に戻り前と同じよね）

エステルはぱちんと音をさせて薬箱を閉じると、少年の頭をくしゃくしゃっと撫でてやった。

「きちんと謝れるあなたはとってもいい子だと思うわ？」

「エステル……」

しょんぼりしていた少年は今にも涙をこぼしそうだ。

（大人が言っているんだもの。この子たちが信じてしまうのはしかたがないわ）

一度目の人生でアイヴィーが聖女になり華やかに儀式を行うようになった後、エステルへの風当たりはさらに強くなった。

アイヴィーがちやほやされることを好む性分だったのもあって、その比較対象としてエステルはいいように使われたからである。

けれど、エステルはそのことはさほど気にしていなかった。だって、魔力がほとんどないのは申し訳なかったが、ただそれだけの話である。

アイヴィーは、自分に平伏することもなくのほほんと暮らしているエステルが腹立たしかったのかもしれない。

（よく考えると結構ひどい目にあったのよね。今度こそ絶対に殺されないんだから！）

決意を新たにしていると、物騒な響きを纏わせたルシアンの声が耳に入った。

「……『エステル』？　今この子どもは俺の婚約者を呼び捨てにしたか？」

せっかくご近所の子どもたちと仲良くなれそうだったのに、やめてほしい。

「あの、ルシアン様。本音が聞こえています。何も考えないでください」

「今のはうっかりじゃない。わざとだ」

「……それは」

こんなところで独占欲を全開にされても困る。

エステルとルシアンの様子を見ていたクロードがレモンタルトを口に運びながら笑う。

「こんなちびっ子相手に大人げないんじゃねーか」

「俺だって、最近まで〝エステル嬢〟呼びで我慢していたんだぞ？　出会ってこんなわずかな時間で同じ距離に来られてたまるか」

「お前はこれまでの振る舞いに問題がありすぎたんだよ」

この会話は明らかに聞き流すべきものだろう。

無になってやり過ごすことにしたエステルは、何も聞こえないふりをして残っていたレモンタルトを三等分し、お皿に載せた。

「はい。これ、私が焼いたレモンタルトなの。もしよかったら、仲直りのしるしに感想を聞かせてほしいな」

「「うわぁ。うまそー！」」

子どもたちから歓声が上がる。

(思い返してみれば、私が作ったお菓子を食べてくださったのは家族以外だとルシアン様とクロードだけなのよね。続いてこの子たちが三人目、かな……)

シャルリエ伯爵家の厨房ではお菓子作りを教わったものの、なかなか周囲に食べてもらえる機会がなかった。

だからこそ、エステルが歌いながら作るお菓子に特別な効果がつくことがここまでわからなかったのだろう。

「おいしい！　なんかケーキ屋さんの味！　母ちゃんが作るやつと違う！」

「よかった。これは貴族のお屋敷の厨房で教わってきたレモンタルトなのよ」

口の端についたメレンゲを舐めながら目を輝かせた丸顔の少年にエステルが笑みを返すと、ルシアンも同意してくれる。

「本当においしかった。ケークサレも絶品だったが、このレモンタルトも人気メニューになりそうだ。ただ、外に張る結界をどうするか非常に悩むところだ……今なら何でも弾ける気がするな」

「⁉　普通の結界をお願いします。普通のを」

ルシアンが弾こうとする『男性客からの好意』にはレモンタルトやケークサレへの好意もきっと含まれる気がする。営業妨害はやめてほしい。

エステルとルシアンのやりとりを見ていた少年が聞いてくる。

「二人って、将来結婚するんだったっけ？」

「⁉」

質問の内容が不意打ちすぎて、エステルはゴホンゴホンとむせた。

初対面の子どもたちの前でルシアンの恥ずかしすぎる本音を聞かせては、間違いなく王族の威厳に関わる。

「好きすぎる」「かわいすぎる」「愛しい」「神はいた」全部だめだろう。

ここは率先して否定しなければいけない。

（ルシアン様が抵抗していてまだ婚約解消の話し合いは平行線だけれど、伯爵家を出た私とルシアン様が結婚することはないわ）

エステルはなんとか平静を装った。

「ええと、もう違うの。私はもう聖女でも伯爵令嬢でもないから」

「そうだ、数年後には結婚する予定だ。俺たちは婚約者同士だからな」

「……!?　ルシアン様!?　一体何を！」

ルシアンはエステルの頑張りを真っ向から台無しにする気のようだ。

「俺は嘘は何ひとつ吐いていない。婚約解消に係る手続きはしていないし、そもそもするつもりもない。考えてみろ。俺はエステルのことが誰よりも好きなんだ。手放すはずがないだろう？」

「なっ……まっ……」

全力で反論したい。けれど、偉そうに本音を披露するルシアンを前にするとなんの言葉も出なかった。ただ赤くなるばかりである。

少年は質問の答えを得て興味をほかのことに移したようで、「ふーん」と呟くとまたレモンタルトを食べ始めてしまった。

爆弾だけ置いて手を引かないでほしい。

エステルは開き直ってルシアンに向き直る。

「というかいい加減にそろそろ婚約解消の手続きをしませんか!?」

「絶対にいやだ。エステルに他に好きな人ができたのなら手を引くが、その日が来るまでは俺が婚約者で一番近くにいる男だ」

（まるで子どもみたいだわ！）

こんなに直情的で聞き分けのないルシアンの姿をエステルは知らない。

戸惑いしかないが、とりあえず今日のところはそれをレモンタルトとアイスティーで一気に流し込んだ。

「なんか、二人は仲良いね」

レモンタルトを一気に平らげ、無邪気な感想を述べた少年はとん、と椅子から立ち上がり首を傾げる。

「……あれ」

「どうしたの？」

「足を怪我してたのを忘れて勢いよくついちゃったんだけど、そんなに痛くないや。もしかして湿布効果かな。すごいね『顔だけじゃない聖女』のおまじない」

「うーん、私の呪文は本当におまじないなのよ？」

（私が湿布にかけた光魔法にそんな効果はないわ。もしかして、闇魔法がかかったレモンタルトのせい……？）

「おっ。闇聖女の本領発揮か」

にやにやしながら見守っていたクロードの小声に、エステルはむうと頬を膨らませたのだった。


それからしばらくの日にちが経って、エステルのカフェは開店した。

「ミルクティーとケークサレをひとつ」

「かしこまりました」

昨日も午前中に来てくれた女性客からの注文に笑顔で答えると、それを見守っていた丸顔の少年がへへッと小声で告げてくる。

「あの人はね、サリーさんって言うんだよ。角の雑貨屋さんで働いていて、怒るとすっごく怖いんだ」

「……ユーグ？　それ、何か怒られるようなことをしたんでしょう？」

「ん。デートだって言ってたから、みんなと尾行してみたんだ。あっさり気づかれたけど、相手の人がすごくいい人でおれたちも一緒にレストランのガレットを食べた」

「……」

「すっごく、おいしかった」

「………………」

サリーさんに同情するしかない。

この前、石を投げにきた丸顔の少年の名前はユーグ。九歳の彼は、家の手伝いの合間を見てエステルのカフェに遊びに来てくれるようになった。

（王都の外れのこの場所でさえ、私を揶揄する声があることを知ったときはどうなることかと思ったけれど……ユーグのおかげでお客様がいらしてくれるのよね）

『顔だけ聖女』が始めたこのカフェは、開店初日こそ閑古鳥が鳴いていた。

けれど、ユーグたちが街の人に知らせてくれたおかげで少しずつ訪れる人が増え、今ではそこそこ繁盛している。

カフェのコンセプトは『貴族のお屋敷でも出されるような、ちょっといいケーキや紅茶を手軽に楽しめる』というもの。

もともと、エステルは実家を出ていく代わりにこのかわいらしい一軒家を手に入れた。加えて、貴族令嬢時代の貯金や宝石を売ったお金などもある。

つまり、カフェの価格をほとんど利益が出ないラインに設定しても問題はなかった。

エステルの目的はたくさんのお金を稼ぐことよりも『自分が作ったスイーツを食べてもらいたい』『この王都の端っこになじんで生きていく』ことなのだから。

ということで、普通のカフェと変わらない価格で上質なケーキやドリンクが楽しめるエステルのカフェはうまく軌道に乗ったようである。

（お店のコンセプトとこの街の雰囲気が合っていてよかったわ）

ホットミルクを飲んでいたユーグは小声で教えてくれる。

「でも、あのガレットもおいしかったけど、エステルが淹れてくれるミルクたっぷりのミルクティーもおいしいよ」

「本当？　うれしいな」

「うん。飲むと元気が出る」

「……飲むと元気が出る……。そうなのね」

カウンターの上で昼寝をしていたクロードがわずかに頭を上げてにやにやしている。きっとまた『闇聖女』とでも思っているのだろう。

エステルが作るお菓子や飲み物に不思議な効果が付与されるのは本当らしい。

おかげで、このカフェにルシアンが張る結界には余計な効果が上乗せされているし、黒猫の姿をしたクロードには何も口に入れないように言い聞かせていた。

(歌わなかったら効果がないのかなって思ったのだけれど。どうしても口ずさんだり心の中で歌ったりしてしまう……)

エステルにとって、料理といえばおまじないの歌なのだ。

でも、それで誰かが元気になるのなら悪いことではないはずである。――闇魔法、ということだけは気になるけれど。

会話を聞いていたらしい『角の雑貨屋のサリーさん』が声をかけてくる。

「そうそう、不思議なのよね。私も最近疲れにくくて。何か違いはないかなって思ったら、このカフェでミルクティーを飲んだことが思い当たって」

「ほぼ毎日来てくださりありがとうございます」

「元気が湧いてくるうえに、こんなにおいしいミルクティーとケークサレが食べられるんだもの。毎日だって通っちゃうわ」

「うれしいです」

人懐っこい笑顔にエステルも喜びを隠せない。

死に戻り前、こんな風に褒められたことがなかったのだ。

(すごく幸せ……なんだか、生きてるって感じがする……)

『サリーさん』はチャリンと音をさせてカウンターにお代を置き、微笑んだ。

「この後ランチタイムよね。噂でおいしいキッシュが食べられるって聞いたわ。今度はお昼に来るから！」

「ぜひ！　お待ちしています」


モーニングの時間が終わり『サリーさん』とユーグを見送ると、カフェにはクロードとエステルだけになった。

さっきまでの賑やかさが消えたところで、片付けに入る。

ここからランチの時間まではは客足が途切れるのだ。

（片付けたら、今日のキッシュを焼いてしまおう。サーモンとほうれん草のキッシュは初めてカフェで出すのよね。ルシアン様にもお出ししたことがないんだった。何も言わずに新メニューが増えていたら、彼は確実に残念な顔をするわ……）

ルシアンはここ三日ほど来ていなかった。

当然結界は切れていて、カウンターの上からクロードが昼寝をしながら護衛してくれている。

かといって、身の危険を感じたのはユーグたちの石投げ事件ぐらいなものだ。

王都の外れにありつつも貴族街からそこまで離れてもいないこの場所は、基本的に治安が良く平和である。

カラン。

（あれ。お客様かしら）

背後から聞こえた鐘の音に振り向くと、そこにはふわふわの赤髪をなめらかに揺らし、ミントグリーンの瞳をこちらに向ける令嬢の姿があった。

カウンターの上で寝そべっていた黒猫姿のクロードがあくびをひとつして、立ち上がる。

彼女はそれに視線を向けるまでもなく、小首を傾げて微笑んだ。

「エステルお姉様。紅茶をひとつくださいな」

「アイヴィー。どうしてここに……」

「お姉様ばっかりずるいからです」

「ずるいって……」

「私たちは同じシャルリエ伯爵家の子どもなのに、お姉様にばっかり与えられるものが多すぎるんだもの」

さすがアイヴィーである。

数ヶ月前のルシアンの警告が全く響いていなかったことに、エステルはくらりと眩暈がした。

第六章

シャルリエ伯爵家の後悔

Chapter 6

アイヴィーがエステルのカフェにやってくる数日前のこと。

王城の自室で、ルシアンは黒猫の姿をしたクロードと真剣に話し合い……ではなく悶えていた。

話題は当然、エステルのことである。

「……エステルがかわいくて死ぬ……」

「お前やべえよ。ほんとおもしれーのな、死ぬ」

「死ね」

「お前使い魔に冷たすぎるとか思わないの？　泣いちゃうにゃ」

ルシアンはぶりっこのクロードを睨みつける。ルシアンが禁呪によって死に戻ったことを知っているのはクロードひとり。

エステルの運命を変えるための相談相手も彼しかいないのだが、ルシアンの身を襲った『呪い返し』のせいで、会話が残念なことになってしまう。

一日の報告のため一時的に自分の下に戻っているクロードを前に、ルシアンは声を震わせる。

「死に戻ったら幸せなことがありすぎるんだが？　用もないのに会いに行っていいとかどんな夢だ？」

「夢じゃなくて現実で責任だろ。勝手に死に戻ったんだから」

「次のお茶の約束を待たなくていいってどういうことだ」

「ついこの前までリアルにスケジュール帳に印つけてたもんな。女子かよほんと笑える」

「会いにいく度に手料理を振る舞ってくれるなんてどんなご褒美だ」

「手料理じゃなくあれ試作品」

「少し前までは俺に全然興味ないって顔してたのに、最近は頬を染めてるのがかわいすぎないか？」

「それお前のせいだから。意識してるわけじゃなくて、恥ずかしい本音聞かせすぎたせいだから」

「あーーー」

　クロードとの応酬で現実に引き戻されたルシアンは頭を抱えた。

「正直なところ、彼女が好きすぎる」

「知ってる。むしろあの闇聖女も気の毒すぎるほどによーく知ってるから。逆に、何でついこの間までカッコつけてたんだよ」

　あまりに正論すぎる問いである。ルシアンは言葉を詰まらせるしかない。

「……兄上も周囲の友人たちも婚約者とはそんな付き合いだろう。大体にして、彼女もしっかり『政略結婚を嫌々受け入れてます』な雰囲気を醸し出していた」

「確かに後半に関してはそうだにゃ」

「黙れ傷つく」

「みゃっ!?　やめて！　闇魔法！　ご主人様の闇魔法には絶対逆らえないからオレ！　あれくすぐったいから！　闇魔法でくすぐるのダメ、絶対！」

　部屋に漂った黒いもやを避けるため、クロードが人間の姿になって扉に手をかけたところで、ルシアンは急に真剣な表情に戻る。

「しかし、エステルがシャルリエ伯爵家から出たことで少し残念なことになった」

「何だよ」

「今から数ヶ月後に兄上の誕生日パーティーがある。例年は婚約者の同行は必要なかったが、今年からは俺も成人扱いでエステルを連れて参加することになる」

「へーそんで?」

「死に戻り前は当然のようにエステルと一緒に参加できたが、今回は……」

「あー。婚約解消の手続きはまだだけど、闇聖女は断るね無理ざんねん」

クロードを睨みつけたものの、ルシアンの予想もその通りだった。

ルシアンにとって何よりも重要なことはエステルが傷つきも殺されもせずに生き延びることである。

無事にシャルリエ伯爵家を出て義妹や家族と距離を置き、夢だったらしいカフェを始めて楽しそうにしていることは何よりの喜びだった。

──しかし。

（俺にとって、エステルの内面に触れたあの誕生日パーティーは特別で大切な思い出だったんだが。まぁ、彼女のためには消えても仕方がない、か……）

その頃のシャルリエ伯爵家。

「ここのところのお茶の時間は寂しいな」

「……エステルがいませんものね……」

夕暮れのサロンで、シャルリエ伯爵夫妻は焼き菓子と紅茶を前にため息をついていた。

長女・エステルが家を出てから数ヶ月。

シャルリエ伯爵家の雰囲気は確実にどんよりと沈んでいる。

「エステルが焼いたお菓子がお茶の時間に出た頃が懐かしいな」

「ええ。伯爵令嬢が厨房に入るものじゃないと何度言い聞かせても聞かなくて……それでシェフ並みの腕前になって、いつの間にかカフェを開店してしまうのだから。本当に好きだったのでしょうね。噂で耳にしたのですが、カフェはとても評判が良いようですわ」

「そうか。……そうだ、今度エステルのカフェを訪ねてはどうかな？」

「そうしたいところですけれど……エステルは出ていく時に『この家との関わりを絶ちたいから金銭的な援助ではなく住む家をください』と言ったのよ。そんなこと、言われてしまったら……」

エステルの母は涙ぐみ、言葉が続かなかった。

そこに扉が開き、アイヴィーが顔を覗かせる。

「あら？　お父様、お母様。お茶の時間なのね。私も呼んでくれたらいいのに」

「アイヴィー。今日は神殿に行っているはずではなかったのか？」

「ちょっと体調がいまいちだったからお休みにしてもらったの」

「……それで穢れの浄化は大丈夫なのか？」

父親の言葉にアイヴィーは肩をすくめる。

「エステルお姉様と違って私は魔力量が豊富だから問題ないわ。お姉様は一日に一回しか聖女の仕事をこなせなかったみたいだけど、私は一日に何度でも光属性の魔法が使えるから」

「しかし、そう言って休むのは今日が初めてではないだろう。本当にいいのか？」

「…………」

父親から矢継ぎ早に飛んでくる質問に、アイヴィーは口をへの字に曲げた。

少し前までは、こんな風に詰問に近い問いをされることはなかったのだから当然である。

両親から座りなさいという言葉はなかったが、今がお茶の時間だと把握したアイヴィーは自然に席に着いた。

三人の中にほんの少しだけ微妙な間があった後、メイドが遠慮がちに「アイヴィーさまの分もお茶をご用意します」と告げ、母親は何も言わずに頷く。

アイヴィーへの紅茶が準備されるのを待たずに、父親は新たな話題を口にした。

「もうすぐ王太子殿下の誕生日パーティーがあるだろう。エステルに招待状が来ていたな」

「王城で開催されるものですわよね。ルシアン殿下の婚約者としての招待でしたから……シャルリエ伯爵家の後ろ盾がなくなったエステルに参加する資格があるのかどうか……」

両親の会話を聞いていたアイヴィーは首を傾げる。

「……それって、夜会というものですか？」

「そうよ。アイヴィーは一年前のデビュタント以来参加していなかったわね」

「私には招待状が来ないんだもの」

ぷうと頬を膨らませたアイヴィーに母親は力なく笑い、父親はぎこちない笑みを浮かべる。

するとサロンにはまた微妙な沈黙が流れた。

アイヴィーに社交界への招待状が少ないのには理由がある。

それは、説明するまでもなく養子だからである。

慈悲深いシャルリエ伯爵夫妻は、孤児院から脱走したところを引き取ったアイヴィーに長女のエステルと全く同じものを与え、自分たちの本当の子どもとして大切に育ててきた。

実子と差別することなく同じように褒め、愛情を注いだ。

けれど、アイヴィーへの同情の心からエステルと同じように叱ることだけはできなかったかもしれない。

それでも、寂しい思いをさせることがないように溺愛してきたという自負はある。

しかし周囲はそうはいかなかった。

アイヴィーはどうしても『孤児院から引き取った養子』として奇異の目に晒され、社交界からつまはじきにされる。

夫妻は、か弱い娘を守るのにただ精一杯だった。

一方で、貴族たちは第二王子の婚約者である長女のエステルを無視することはできない。

その結果、『顔だけ聖女』として揶揄されているはずのエステルにだけ招待状が届く。

神経質なほどに姉妹平等を心がける両親は苦悩の末、本当に出席しなければいけないものを除いて欠席の返事をしていた。

物分かりが良く、かつあまり華やかなことに興味がないエステルは何も言わなかった。

派手好きなのがエステルではなくアイヴィーでよかったと何度思ったことか。

アイヴィーが劣等感を持つことなく自信たっぷりに育っているのは夫妻とエステルの努力のおかげだった。

けれど、実子であるエステルが出て行ってしまった今、そのバランスは崩れかけている。

どんよりと沈んだ空気を理解しないアイヴィーは「そうだ」と目を輝かせる。

「その夜会、私がエステルお姉様の代わりに出ればいいじゃない！」

「「!?」」

突拍子もない提案にシャルリエ伯爵夫妻は仰天し固まった。

数秒の後、父親がやっとのことで口を開く。

「アイヴィーは何を……。これは、エステルへの〝ルシアン殿下の婚約者〟としての招待状なのだ。アイヴィーでは出られないんだよ」

「でも、お姉様とルシアン様が婚約したのはお姉様が聖女になる予定だったからでしょう？　そうしたら、その招待状は私のものだと思うの」

「そういうものなのかしら……」

「それはないだろう」

アイヴィーの不思議な理論にうっかり納得しそうになっている妻に向かい、シャルリエ伯爵は首を振り、続けた。

「先日のルシアン殿下の様子では、そのようなことは許されないだろうな。金輪際、この話はしないように」

◇

モーニングが終わり、ランチタイムの準備をしようとしていたエステルのところにやってきたのは、義妹・アイヴィーだった。

「エステルお姉様。私、ミルクティーは好きじゃないの。濃いめの紅茶にしてもらえる？」

「……」

（本当は関わりたくないけれど……紅茶を飲んですぐに帰ってもらいましょう）

紅茶を淹れるため、返事をせずにカウンターの中に入ったエステルにクロードが小声で聞いてくる。

「にゃあ。オレ、もしかして人間の姿になるタイミング逃した感じか」

「そうかもしれないわ。でも大丈夫」

「オレ、人間の姿の方がイケてるんだよな。魔法とか使わずに撃退できたかもしれないのに。惜しかったな」

「………………」

エステルは使い魔の妄言を無視することにした。

ティーポットに茶葉を二匙いれ、鍋でぼこぼこと沸騰している熱湯を注ぐ。

その間にもアイヴィーの話は続く。

「この前ね、夜会への招待状が届いたの。私、華やかな場所に招待されたのって初めて！　聖女としての務めをするようになったら皆の注目を浴びることも多いけど、パーティーなんて特別よね！」

（……夜会……）

そういえば、と今から数ヶ月後に行われる夜会のことを思い出す。

その日、エステルは初めてルシアンのエスコートで公式の場に出ることになるのだ。

エステルにとってルシアンは『聖女だから』と決められた婚約者に過ぎなかったし、ルシアンにとってもそのはずだった。

その日も役割を果たすために夜会に出た。

エステルのことを〝顔だけ聖女〟と揶揄する周囲の視線を上品に咎め、顔色を変えずにたくさんの人間の相手をするルシアンを心底すごいと思った。

けれどそれだけのはずでもあった。

（なのに、今どうしてこんなことになっているの？）

エステルはぶんぶんと頭を振り、自分を好きすぎると告げてくるルシアンの顔を脳内からなんとか取り去る。

それから、濃いめどころかすっかり渋みが出た茶葉を取り除いた。

（そういえばあの夜会の日、皆様にご挨拶した後の記憶があまりないのよね……）

その理由は、慣れないお酒に酔って気を失ってしまったからである。

自分がこんなにアルコールに弱い体質とは知らなかった。

今度こそは気をつけたい、と思うものの、死に戻ったこの人生では自分はあのパーティーに参加することはないのだろう。

（でも、あれは王太子殿下の誕生日を祝うものだったはずで、私もルシアン様のおまけだったわ。だからアイヴィーに招待状は届かなかったはずなのだけれど）

そんなことを考えつつ、アイヴィーの前に置かれたカップに紅茶を注ぐ。コーヒーにも見えそうなどす黒い紅茶がカップを満たしていく。

なみなみと注がれる紅茶を眺めていたアイヴィーは事もなげに言った。

「ねえ。お姉様の婚約者を私にくださいな」

「ぷぽっ」

カウンターの上で水を舐めていたクロードがお皿に顔を溺れさせた気配がする。

聞き流したいところだが、アイヴィーのおねだりはあらゆる意味で突っ込みどころが多すぎた。

「アイヴィー。何をふざけたことを言っているの。……それに、もう私に婚約者なんていないわ」

「嘘よ。私、知ってるの。お姉様が家を追い出された後も、ここに第二王子殿下が通っているってこと。ねえ、どうやって誑かしたの？」

「……た、誑かす」

誑かした覚えはないのだが、事実だけを言うとルシアンはエステルを好きすぎるらしい。

そのまま答えても頭がおかしくなったと思われるだろうし、一体どう答えたものか。微妙な気持ちで話を聞くエステルに向け、アイヴィーは楽しげに歌うように続けた。

「〝顔だけ聖女〟に夢中になるなんて、第二王子殿下・ルシアン様は随分と変わった趣味をしているのね。それにしても、お姉様が平民みたいにして働いているっていうからどんなものかと思ったのだけれど……このお店、悪くないわ」

（ここをアイヴィーがほしがるなんて。私はアイヴィーに命を奪われることなくただ平穏に生きたいだけなのに……！）

ぴりりとした緊張が身体に走り、全身が強張るのがわかる。

「……アイヴィー。そろそろ帰ってもらえるかしら。私、ランチタイムの準備がしたいの」

「そうだわ！　ねえ。ルシアン様だけじゃなく、ここも私がもらってあげる。そうしたらお姉様

はまた私の下になるでしょう？　うちにいた頃みたいに」

「……！」

その途端、カランと音がしてカフェの中に暗雲が立ち込めた。

入口に視線をやると一人の青年が立っていた。

サラサラのブロンドヘアに、離れていても目を惹く佇まい。そして、縮み上がりそうなほどの殺気を放っている。

間違いなくルシアンである。

黒いもやが漂っているところを見ると、闇魔法を使ってアイヴィーを追い出したいのだろう。

ルシアンがこのカフェに来るのは数日ぶりだ。それなのに、なんというタイミングなのだろうか。

慌てて手で〝待て〟のジェスチャーをしたエステルは、アイヴィーを本格的に追い返しにかかる。

「と、とにかく、今日は忙しいの。向こうの裏口からもう帰って。そしてできればもう二度と来ないでくれるかしら？」

「裏口から帰れなんてひどい……。せっかく遊びにきたのにどうしてそんなことを言うの？　お姉様って冷たいのよね。いくら私の方が聖女にふさわしいと言われたからって、こんな仕打ちありえないわ。お父様に言いつけてやるんだから。……ていうか、この黒いもやは何なのよ⁉　視界が悪いわ⁉」

それはこっちが知りたい。

とにかく、エステルはアイヴィーを外へと押し出す。

闇魔法が発動しているのはクロードがくすぐられているところしか見たことがないが、今日のは違う気がする。ルシアンは本気だ。間違いなく、ご近所の平和の危機だった。

「さっき焼いていたケーキが焦げたのかもしれないわ。本当にもう帰って！」

「全然焦げ臭くないけど!?　い、痛い！　押さないで！」

「ご来店ありがとうございました〜！　どうかもうお越しいただけないことを切にお祈りして！」

エステルはアイヴィーを何とか押し出して、バタンと扉を閉め鍵をかける。

外でギャアギャア言う声が聞こえたが、それどころではない。

「……焦げではないんだが」

ルシアンは、これ以上ないほどに不満げな視線を送ってくる。

けれど、エステルと目を合わせると、観念したように息を吐いて闇魔法の展開を諦めてくれたのだった。


その後。ランチタイムが終わり、準備中だとわかるように少し照明が落とされた店内。

なぜか壁際に追い詰められたエステルは、ルシアンから尋問を受けていた。

「さっきのは何？」

「い……妹のアイヴィーです。ご存じの通りこの国の聖女です」

「それはもうとっくに知ってる。どうしてここに来た？」

「ええと……」

（まさか、ルシアン様を強請りに来たなんて言えない……）

言ってもいいのだが、次にアイヴィーとルシアンが鉢合わせしたときにさっきの闇魔法がまた展開される可能性があった。

百歩譲ってこの国の聖女が消されるかもしれないことはまぁいい。

しかし、エステルの安寧の地であるこのカフェのご近所さんたちが被害を被るのだけは勘弁してほしかった。

エステルは苦し紛れに説明する。

「あの、妹はルシアン様をお慕いしているようで」

「へえ？」

「私ではなくルシアン様に会いに来たみたいです……」

「それが目的だったか。エステルの実家のことはこれ以上なく強い言葉で突き放したつもりだったんだが、全く効いていないんだな。恐ろしいポジティブさだ」

「私もそう思います」

「そもそも、シャルリエ伯爵家はどうしていつも妹の方を優先しているんだ」

「仕方がない気がします。聖女にはアイヴィーの方が向いているようですし」

「別に、俺は君を聖女に戻したいなんてこれっぽっちも思っていない。しかし、こんなの絶対におかしいだろう。慈悲深く、実子と養子を平等に育てるということはこういうことではないと思うんだが」

「！」

突然腑に落ちたエステルは、顔をこわばらせた。

（わかったわ。私がずっと持ってきた違和感はそれなのだわ……）

幼い頃、エステルだけが聖女になることが許せなかったらしいアイヴィーが癇癪を起こしたことがある。

そのときは家族全員で妹を慰め、挙句の果てにアイヴィーにだけ新しいドレスが与えられた。子どもだったエステルは些細な引っ掛かりを覚えたもののなんとか飲み込んでやり過ごした。けれど、思えばこの人生はその連続だった。

（誰も言わないし気がつかなかったことをルシアン様はこんなに簡単にお気づきになる……）

ショックなことに変わりはないけれど、それとともに不思議な感情が湧き上がっていく。

エステルが、こんなにきちんと自分を見てくれると思える人に出会ったのは初めてだった。

――瞬きひとつ、自分の頬を涙が伝い落ちたのがわかった。

「あれ……」

エステルは慌てて涙を拭う。

けれど、またひとつふたつと涙が溢れる。

自分が不幸だなんて思ったことはない。だが、こうして目前に突きつけられるとどうしようもなく心が乱される。これまで、傷つきたくなくて向き合ってこなかった現実が浮き彫りになってしまったのだから。

行き場のない黒い感情と痛みが渦巻いて、何か言わなければと思っても言葉にならなかった。

（感傷的に泣いている場合じゃなかった。早く空気を変えなきゃ……！）

けれど不意に温もりに包まれる。

一体自分の身に何が起きたのだ、とエステルは目を瞬く。

するとさっきまで少し離れた場所にあったはずの、ルシアンのほろ苦い香りが濃くなった。

エステルの目の前にはルシアンの胸があって、彼の腕はエステルの後頭部に回されていた。

優しく抱きしめられるような体勢に、声が出ない。

「……⁉」

「俺は今嘘がつけない。自分がしたいように振る舞ったら、聞かせられない本音がだだ漏れになる気がする。好きな子が泣いているのに、思うように慰めることすらできないなんて何の拷問だ」

「いえ、あのこれは慰めではないのですか⁉」

しっかり抱きしめて慰めていると思う。

「違う。本当はこんなんじゃなく指で涙を拭いたい、っ」

「あの、この姿勢よりはできればそちらの方が良いような？」

正直、あまりの矛盾に涙は引っ込んだ。

彼がエステルへの気持ちに嘘をつけないという、不憫すぎる『呪い返し』のおもしろさも手伝って、シリアスな空気はどこかへ行ってしまった。

そして『指で涙を拭いたい』の後に何か別の言葉が続きそうに思えたが、ルシアンはそこで言葉を止めたので気のせいだったのかもしれない。

(冷静に考えてみると、涙を拭ってくれる方がまだいいのでは⁉)

抱きしめることよりは涙を拭く方が密着度が低く、妙な心の声は漏れにくくなるのではないだろうか。

それにこのままではルシアンの鼓動が伝わってきて、エステルの心臓にも良くない。ルシアンは戸惑いつつも抗えないらしかった。

「わかった。それなら……」

後頭部に回っていたルシアンの手がそっと離れる。

途端に緊張が走った。自分を大胆に抱きしめたのと同じ手だとは思えなくて、エステルは身じろぎすらできない。

顔を上げると、涙を拭おうとこちらに手を伸ばすルシアンと視線がぶつかる。

透き通った碧い瞳の中に滲む、これまでに見たことがない真剣なまなざしにエステルは息を呑んだ。指先が頬に触れるすんでのところで、ルシアンの喉仏がごくりと動く。

「エステル」

「！」

ルシアンは呻くように漏らしたあと、何かに抵抗するように強く目を閉じた。

彼が呼んだその名は、まるで自分の名前ではないみたいに、エステルの耳奥をじわりと震わせ痺れさせる。

喉が焼けついたように熱く言葉は出ないし、ルシアンの熱にこの場に縫い止められてしまったかの如く自分の意思で動けない。

(私は動けないの……？　ううん、違う)

彼に留められていることが幸せなのだ。そう認識すれば鼓動が高まっていく。

婚約を解消してルシアンから離れないといけないのに、自分の気持ちを自覚させられてしまった。

——『抱きしめられるよりは涙を拭ってもらう方がいい』という自分の安易な判断はあらゆる意味で失敗だったらしい。

その瞬間、涙を拭うためエステルの頬に伸びていたルシアンの指が弾かれたように離れた。

「……!?」

「こっ、これはやっぱり無理だろう!?」

「そ、そうですよね!?」

二人を包んでいた緊張感が一気に解けた。

すっかり慣れ親しんだ馬鹿馬鹿しい空気がなつかしくて、やっと息ができる。

(びっくりした……)

追い詰められる形になっていたエステルは、壁伝いに横にずれてルシアンから少しの距離を取った。失礼なのはわかっているが、ドキドキしすぎて息ができないのだから仕方がない。

「自制心で行けると思ったが無理だった。今、頬に触れたら……っつ」

ルシアンはその先を言い淀む。

当然、みるみるうちに顔色が紫色へと変わっていく。いや、よく見ると紫色を通り越して白くなりそうだ。もしかして、その前から本音を我慢していたのではないか。

「あの⁉　ルシアン様、顔色が変な色に⁉　……そういえばさっきも何か言葉を我慢していらっしゃいませんでした⁉」

「ああ……っ、指で涙を拭いたいし、許されるなら君の綺麗な涙に口づけたいと………あっ⁉もうこの呪い本当に何とかならないのか⁉」

こちらとしても今ほどに何とかしてほしいと思ったことはなかった。

（私は何も見ていないし聞いていない……聞いた……聞いていない……）

心の中で呪文のように繰り返しつつ、エステルは思う。

（本当に、ルシアン様は私をいつ好きになったの。出会ったときからって、私たちの出会いは婚約者としてただ両親に引き合わされただけのはずなのに）

婚約が決まったのは十歳になる頃だったはずだ。その後、正式な顔合わせの場が設けられたことを覚えているが、そこで一目惚れでもしたのだろうか。

にしては、ルシアンの愛情は多少暑苦しすぎる気がする。

そこへ、クロードがカウンターの上で伸びをしながら声をかけてくる。

「……そろそろ、お腹すいたにゃ」

「……クロード……」

呆れたように応じたルシアンに、クロードはツンと言い放つ。

「お前たちのそういうシーン、見たくない」

「……」

失礼すぎる使い魔である。

けれど、遠慮のない物言いを今日ほどありがたいと思ったことはない。


ということで、三人は少し遅めのお昼にすることにした。

取り分けておいたサーモンとほうれん草のキッシュ、レモンドレッシングをかけたマッシュルームのサラダを一つのお皿に載せて出すと、ルシアンは子どものように目を輝かせた。

「まず、おいしい」

「ルシアン様、まだ食べていません……」

「悪い、盛り付けだけで幸せすぎた」

「……」

こういう本音なら問題なく聞けるが、さっきのようなのは勘弁してほしい。

（あまり真剣に言われると、私も聞き流せなくて本当に困るもの！　心臓がもたない！）

思い出すだけで顔が熱くなってくる。けれど、エステルの胸中を慮ることなくルシアンはキッシュにフォークを入れ、口に運ぶ。

「おいしい。この上品な味付けが好みだが、エステルが作ったのだと思うとさらにおいしく感じる」

「それはよかったです」

「サーモンの塩気とバターたっぷりのパイ生地の相性がいい。生クリームやバターを使ったメニューは庶民の間では贅沢品だ。このキッシュは絶対に評判になる、俺が保証する」

「丁寧な感想とお褒めの言葉、ありがとうございます」

「このキッシュを焼く前にこの店を訪れた、あの妹を消してもいいか？」

「今の流れでどうしてそんなことになるのですか？」

　意味がわからない。

　しかし、正直なところざっくりとエステルも同じ意見である。

（私も、アイヴィーには消えてほしい……とまではさすがに言わないけれど、殺されるのは嫌。危害を与えてくる距離にいてほしくないわ……）

「おい、闇聖女」

「……」

　エステルは応じなかったが、黒猫の姿のクロードが気にせずに告げてくる。まだキッシュにも飲み物にも手をつけていないらしい。

「この紅茶、すげえ色だぞ。闇聖女の毒薬と呼ぶのにふさわしい色」

「えっ？」

クロードが覗き込んでいるのは、さっきアイヴィーのために淹れた紅茶の残りだった。

アイヴィーが長く滞在したおかげで、準備不足のランチタイムは思いのほか忙しくなってしまった。

そのせいでティーポットが放置されたままだったのだが、どうやら中身がひどいことになっているらしい。

「本当だわ。アイヴィーに早く帰ってほしくてぐちゃぐちゃな感情のまま紅茶を淹れたから……。時間も経ちすぎたし、これはひどいわ」

ルシアンを強請ることに夢中だったアイヴィーは紅茶に口をつけることはなかったが、もし飲んでいたとしたらまずいまずいと大騒ぎしていただろう。

片付けようとポットに手をかけると、クロードが縁についていた紅茶をぺろりと舐める。

その瞬間、黒い毛がぞわわわっと逆立った。

「にゃんだこの紅茶⁉　本当に毒だろ」

「毒⁉　そんなにおいしくなかった⁉」

味見のため、エステルは慌ててカップに残りの紅茶を注ぐ。

すると、完全に緩み切った表情でキッシュを食べていたはずのルシアンが急に真剣な顔をしてスッとそのカップを持っていく。

「貸して」

「いえ、あのそれは色からして本当に……」

エステルの言葉を無視し、ルシアンはカップに口をつけわずかに傾ける。

そして、厳しい表情で言った。

「……これ、エステルは絶対に飲んではだめだ」

「え？」

「これは、毒だ」

「毒、って」

「さっき、『早く帰ってほしくてぐちゃぐちゃな感情のまま紅茶を淹れた』と言っていただろう。きっとそのせいだろうな」

「嘘……！」

「大丈夫、そこまで強い毒ではないから、間違って飲んだとしても命に関わることはない。たとえば、王族として毒に慣らされている俺はこのカップ一杯飲んだとしてもちょっと具合が悪いぐらいで済む。ただ、耐性のないエステルなら数日は寝込むことになると思う。それでも、さすがに命までは落とさない」

「でも……毒だなんて」

身体が重く、手が冷たくなっていく。

これまでエステルにとってお茶の準備やお菓子作りは楽しいことでしかなかった。だから、毒ができてしまったことはなかったのだろう。

急に真っ青な顔をしたエステルに、ルシアンは優しく告げてくる。

「いつも通りにしていれば毒ができることはないよ。心配なら、疲れている時は代わりにクロードにお茶を淹れてもらえばいい。……しかし、このキッシュもものすごくおいしいし、普段エステルが作るお菓子も飲み物も絶品だ。きっとこのカフェはますます人気になっていくだろうし、これまで通りで問題ない」

「でも……」

「俺は、君に関することで君に嘘がつけない。これは気休めじゃない」

「あ」

そういえばそうだった。

エステルは一瞬で落ち着きを取り戻したが、問題はクロードである。

「おい。闇聖女。ルシアンは暗殺防止で慣らされてるけど、オレは毒に慣れてない。使い魔だからあんま効かないけどでも気持ちが悪い」

「ご、ごめんね……！　今、光魔法で浄化を」

とは言ったものの、エステルは『顔だけ聖女』なのだ。

浄化の魔法をかけても、毒はほとんど消せないだろう。解毒薬が必要だった。

（どうしよう）

「ミルクティー」

「え？」

ルシアンの言葉にエステルは目を瞬く。

「エステルが作るミルクティーが解毒薬代わりになると思う」

「！　すぐに作ります！」

さすが、国唯一の闇魔法の使い手である。

エステルはすぐにキッチンに入り、お湯を沸かしてミルクティーを淹れた。

それを、よたよたとクロードが覗き込んでくる。

「はちみつも入れていいぞ。オレの好物だ」

「……」

「カフェ用のアップルパイも出してくれていいぞ。アイスクリームを添えて」

「…………」

本当に気分が悪いのだろうか。

注文の多い使い魔の言葉を聞き流しながらエステルはミルクティーを淹れ、お皿に注いで氷をふたつ浮かべる。

それをクロードはごくごくと飲み、ぷはっと息を吐いた。

「……お！　治った。さすがに人間の姿になることはなくて猫のままだが、気持ち悪くない」

「よかったわ。変なものを飲ませてごめんね」

「すげえな、闇聖女。気に入らない人間を殺める方法と救う方法のどちらも持ってんのか。これは敵に回したくねーな」

「……」

クロードの感想に何ともいえない顔をしていると、ルシアンまで同じようなことを呟く。

「……毒殺でもいいのか。闇魔法で作られる毒なら証拠も残らないだろうしな……」

「……!?」

一体何を考えているのか、と聞きたかったが、彼の顔が紫色になることは目に見えている。

エステルは無になって聞き流すことにした。

ミルクティー用のお皿を片づけ終えたところで、ルシアンが聞いてくる。

「アイヴィー嬢のことに話を戻してもいいか」

「はい」

「もともと、彼女が光魔法を使えることに疑問を持っていた。きっと、稀に光属性の魔力の持ち主が生まれる家の出なんだと思うが……少し調べさせてもらってもいいか。さすがに、消すわけにはいかないからな。君に近づけない方法を考えたい」

「はい……」

(それにしても、ルシアン様はどうしてこんなにアイヴィーを敵視しているのかしら。私の立場を奪ったから、だけではちょっと説明がつかない気がするのよね……)

――この先、エステルがアイヴィーの差し向けた刺客によって殺されることを知っているのは、死に戻っているエステル自身だけのはずなのだから。

第七章

死に戻り

Chapter 7

アイヴィーがカフェを訪れた日からわずか数日後。

国家最高権力を駆使しあっさりとアイヴィーのことを調べ上げたらしいルシアンは、エステルのカフェにやってきていた。

「アイヴィー嬢の生家は王都から離れた町の平民の家のようだ。その家は稀に光属性の魔力を持つ子どもが生まれてくるらしい。聖女が選ばれるのはシャルリエ伯爵家からとほぼ決まっているから日の目を見る機会はなかったようだが、神殿でも把握はしていたらしい」

「ルシアン様の予想通りですね……」

「ああ。ただ、今は相当に貧しいようだな。アイヴィー嬢も口減らしのために養子に出されることになったが、どの家でも落ち着かずに孤児院に行くことになったようだ」

（知らなかった……）

「つーことは、アイヴィーが聖女のまま生家に戻ればみんな一件落着だにゃ？」

「ああ。俺もそうなればいいと思っていた。彼女が望むままに褒めそやされつつ、金銭で意のままに操れる良からぬもの……たとえば没落しかけの貴族や刺客、を使えるだけの財力を奪う。それが落とし所だろうな」

ルシアンとクロードは淡々と話しているが、お嬢様育ちのエステルにとってはなかなかショッキングな話である。

（アイヴィーが孤児院から脱走してさまよっていたところをお母様が保護したのは知っていたけれど、まさかそんな経緯があっただなんて）

――しかし。

（だからって、どうして私が殺されなきゃいけないの……！）

死に戻り前のことを思い出すと怒りが湧いてくる。

嵐の日に無理やり出発させられたこと、それを誰も止めてくれなかったこと。馬車の中で、刺客を差し向けたのはアイヴィーだと知ったときの衝撃。

何より、子どもの頃に森の中でアイヴィーに出会った日が昨日のことのように思い浮かぶ。妹ができたことはうれしかった。けれど気がついたら自分の居場所はなくなっていた。それどころか、最後には殺されたのだ。

今自分を支配する怒りの感情をどうにかしたくて、エステルは目を閉じる。

すると、いつもの言葉が聞こえた。

「……エステルは怒った顔もかわいいな。滅多にそんな顔見られないだろう。もっとそばで見たい」

「か、かわ……もっとそばでみた……えっ？」

「今、俺は何か言ったか」

どうやらうっかりのようである。

不意打ちの甘い言葉に、エステルの怒りは見事にどこかへ行ってしまった。

（でも、ルシアン様の本音のおかげで助かったわ。アイヴィーの出自に関わる話を聞いただけで怒るなんて、どう考えても変だもの……）

しかし、真面目な会話をしているはずなのに、心の中では『怒った顔がかわいい』と思うルシアンは一体どうなっているのか。頬を染めてしまったエステルはただ固まるしかないし、その辺の気まずさをきちんとわかっているらしいルシアンも目を逸らす。

「……聞き流してほんと」

「はっ、はい……」

とりあえず返事はした。

けれど実のところ、エステルには先日ルシアンに抱きしめられたことがかなり響いていた。

(普通にしようと思うのに！　ルシアン様がこのお店に入ってきて、彼の匂いがするだけで呼吸が速くなる……どうしたらいいの⁉)

さっきもそうだったのだ。カランと扉の鐘の音がして、ルシアンしかあり得ないシルエットが見えた途端にもうダメだった。

エステルはこんなに気まずいのに、何事もなかったかのように振る舞う彼が信じられない。

いや、もしかしたら違うのかもしれない。

ルシアンは既に思う存分本音をエステルに伝えてきている。そのせいで何かが麻痺している可能性もあった。そうに違いない。

(いくら不可抗力とはいえ、こんな状態の私に好意を伝えてくるのは本当にやめてほしいわ⁉)

頬の熱がなかなか引かなくて、エステルはパタパタと顔を手で扇ぐ。

一方、ルシアンはエステルの様子がどこかおかしいことに気がついたようである。

「エステル？」

「……は、はい」

「熱でもあるのか？　顔が赤い」

「！　そ、それは、ルシアン様が私を……かわいいとか……言うから……」

最後は尻すぼみになったうえに、ルシアンと接するとき用の令嬢らしい言葉遣いでもなくなってしまった。

それが意外だったのか、ルシアンは少し考えた後、めずらしく突っ込んで聞いてくる。

「……本当にそれだけ？」

「それだけです！」

「ふーん」

（ふ……ふーん⁉）

長年、形式上の婚約者として生きてきたエステルだったが、ルシアンからこんな言葉を向けられたことはない。

びっくりして顔を上げると、真っ正面に座っているルシアンはこちらをじっと覗き込んでいた。

その顔は、いつもの完璧な王子様でも、クロードに悪態をつく闇魔法の使い手でも、本音がだだ漏れになって挙動不審な青年でも、どれでもない。

しまった、彼を意識していることを勘付かれてしまった、と思ったときにはもう遅かった。

テーブルを挟んでエステルの正面に座っていた彼は、ふいに立ち上がるとテーブルに寄りかか

った。そうして、こちらを見下ろすようにして聞いてくる。

「……エステルは俺と一緒にいて楽しくない？　ちなみに俺はものすごく楽しい。この時間のために毎日を生きてる」

「!?　わっ、私は」

「そうやって照れて慌てる姿もかわいいし、ついさっき怒りだすまでの少し悩んでいるような表情も好きだと思った」

「！」

（これは……間違いなくわざとだわ……！）

エステルは愕然とした。

ルシアンが『エステルのことで嘘がつけない』のは十分に知っている。ということで、口説き文句としては倍の威力があるし、本人もそれをわかって言っているのだろう。

どうやっても本音がだだ漏れることにすっかり慣れたルシアンは、恥ずかしげもなく続ける。

ちょっと慎みを持ってほしいとエステルは本気で思ったが、さすがに言えない。

「他に好きなのは、誰かへの怒りを持て余すことなく切り替えられるところや、人に優しくて自分の人生に前向きなところ。誰かにつけ込まれたり利用されたり諦めたりすることがない賢さ。……頑張って夢を叶えようとするところもだな。あとは、」

「ま、待ってください！　もういいですから」

すっかり真っ赤になって立ち上がりぶんぶんと首を振るエステルだったが、それを見たルシアンはふっと表情を緩め、優しく微笑んだ。

「あと、エステルは婚約を解消したいみたいだけど、俺にその気はないよ。エステルは俺と一緒にいたくない？」

「！　一緒にいたくないわけでは……」

うつむいて思わず口にすれば、ルシアンはこちらに一歩近づく。

「それは、俺と一緒にいたいっていう意味でいい？」

「そこまでは」

どうしたらいいのかわからなくて後退りをすれば、ルシアンは熱っぽく呟いた。

「……エステルにもこの呪いが移ればいいのに。そうしたら、君の本音が聞ける」

「⁉」

ずいぶん自信満々ではないか。

(今日のルシアン様はどうしてこんなにぐいぐいくるの……⁉　いつもは照れながらだったから聞き流せたのに、今日は逃げ場がない！)

二人の間の距離はもうわずか。

彼があと一歩踏み出せば、この前のように簡単に抱きしめられてしまう。

追い込まれたエステルはついに叫んだ。

「ル……ルシアン様、ふざけるのはいい加減にしてください！」

「俺がふざけていないのはエステルが一番よくわかっているだろう？　そうやってはぐらかすと

ころも……うっ⁉」

　エステルの髪に彼の指が伸びかけたところで、すっかり調子に乗っていたルシアンは突然固まった。喉を押さえて苦しそうにしている。そして、顔色はすっかり見慣れた紫色に染まっていく。どうやら何か本音を我慢したらしい。

「ルシアン様⁉　大丈夫ですか！　あ、あの、また顔が紫色に⁉」

「いい。これは本当に……言っちゃ……ダメなやつ……」

「いっちゃだめなやつ？？？」

　つい数秒前まで、ひたすら甘い言葉を吐き続けておいて一体どういうことなのか。

　ぽかんとしたエステルの前で、ルシアンの顔色はますます悪くなっていく。エステルは思わず彼の体を支えようと手を伸ばす。

「ルシアン様、大丈夫ですか⁉」

「ごめん今はほんと触んないで……まじやば……苦し……」

　ルシアンは聞いたことがないほどに砕けた口調になっている。その肩を支えようとしたエステルの手は躊躇いがちに優しく振り払われた。

　振り払われたのに、その仕草だけでも想いが滲み出ている感じがして、エステルはますます赤面してしまう。

　二人のやり取りを寝そべって楽しんでいたクロードはくるりと回って人間の姿になり、エステルの代わりにルシアンを抱えた。

「仕方がない。闇聖女、コイツはオレが預かるわ、まじ面白い」

「おっ……お前、後で殺す」

クロードとの会話は、いつも通りのようだった。

◇

それから少し経ったある朝。エステルは庭先のポストに入れられた封筒を手に固まっていた。

「……これ、招待状よね」

この封筒は見覚えがある。

もちろん、この人生ではなく死に戻り前に見たものだ。

この封筒の中身は王太子殿下の誕生日を祝う夜会への招待状で、ルシアンのエスコートを前提にしたもののはずだった。

(シャルリエ伯爵家に届いたものをお父様が転送されたのね、きっと)

「どうしよう……」

この招待を断るには、正式な婚約解消の手続きが必要になる。

別に問題ないし、婚約解消自体はエステルがずっと望んできたことのはずだったが、いざそうしようと思うと心がざわつく。

(ルシアン様やクロードとの時間は正直なところとても楽しいんだもの。ううん。でもそれだけじゃない……）

　このモヤモヤの答えは知っていた。

　端的に、エステルはルシアンに好意を持ち始めているのだ。

　けれど、ルシアンにかかった呪いによる少し間の抜けたやりとりのおかげで、あまり向き合うことなく済んでいる。

　本音を伝えてくるルシアンの申し訳なさそうな仕草と、それに似つかわしくないストレートすぎる言葉。この前、抱きしめられたときの温もりや彼の匂い。

　最近はそれを思い出すだけで鼓動が速くなってしまう。

　エステルは、ルシアンとただ一度だけ参加した、死に戻り前の夜会のことを思い出していた。

◆

　その日。シャルリエ伯爵家に迎えにきたルシアンは、外見だけを褒められることにすっかり慣れっこのエステルでさえ、驚愕し固まるほどの褒め言葉を投げかけてきた。

「とても美しい。どんなに希少な宝石や美しい音楽も今夜のあなたには敵いませんね」

「…………」

　今日、エステルが身につけているドレスは目の前の婚約者から贈られたシャンパンゴールドのドレスだ。

ウエストにサテン生地の淡いピンク色のリボンがついていて、そこから下のスカート部分には同じピンク色で小花柄の刺繍がほどこされている。

大人っぽさを保ちつつもかわいらしいこのドレスは、着せてくれたメイドが「本当によく考えて作られたドレスです！　ルシアン殿下が手配したドレス工房のお針子はお嬢様のストーカーか何かでしょうか⁉　デザインからサイズ感までまさにお嬢様のために存在するドレスですわ！」と驚愕するほどエステルに似合っていた。

一方、エステルをエスコートしてくれるルシアンは王族らしい盛装をしている。白を基調としたウエストコートはエステルの明るい色のドレスと合わせたのだろう。

袖口からちらりと見えたカフスボタンにあしらわれた宝石が自分の瞳の色と同じピンクサファイアだった気がしたが、エステルは深く考えないことにした。

自分たちは形式上の婚約者なのだ。彼の侍従が選んだものに違いない。

ルシアンは涼しい顔で軽く微笑み、肘を差し出してくる。

「エステル嬢、行きましょう」

「……はい、殿下」

ぴんと伸びた背筋と高貴さを感じさせる佇まいは、エステルが普段は遠くから目にしているものだ。

言葉も振る舞いも、スマートな王族そのものである。

（さすがルシアン殿下。慣れていらっしゃる……）

こんな風に誰かをエスコートすることなど造作もないのだろう。

初めて婚約者と一緒に夜会に出ることを緊張していたエステルは、心の中で気合いを入れ手を彼の肘にそっと置く。

――わずかに彼の肘に力が込められた気がしたのは、自分の手に力がないせいだと思った。


会場に入ったエステルは、たくさんの人に挨拶をすることになった。

今日の主役にあたる王太子殿下にはじまり、国内の重鎮たち、将来的にルシアンの補佐に回る貴族令息たち。

一通り終えたところの感想は、『愛想笑いが顔に貼り付いて、表情筋が痛い』である。

（ふぅ……覚悟はしていたけれど、こんなに大変だなんて）

頬をむにむにと揉んでいると、隣にいるルシアンが目を丸くしてこちらを見ていることに気がついた。

「も、申し訳ございません。つい、緊張をしてしまいまして」

「――っ。いや、私の方こそエステル嬢に気遣えず連れ回して申し訳ありません。少し、」

優しい微笑みを浮かべたルシアンがそこまで言いかけたところで。

「……ああ、顔だけ、の……」

（……！）

賑やかな夜会の中で、偶然に一瞬だけざわめきが途切れた瞬間、ポンと耳に届いた言葉。

それが自分を揶揄するものと理解したエステルは身体をこわばらせる。

（今日は王城での夜会なのに、こんなことを言う人がいるなんて。別にこういう視線には慣れているから問題ないけれど、エスコートをしてくださっているルシアン殿下に申し訳ないわ）

せめて、彼には聞こえていないことを心の底から祈りたい。

ちらりと隣を見上げると、ルシアンの表情は変わりないように思えた。

――よかった、この完璧な婚約者に恥をかかせずに済んだ。そう思っていると。

ルシアンの肘に置いたエステルの手が、そのまま上からぎゅっと押さえつけられる。

触れた指先に飛び上がりそうになった瞬間、彼の足は言葉の主のもとへと動いていた。

（……えっ⁉　待って？　ルシアン殿下は一体何を……⁉）

戸惑いしかないエステルを連れ、ルシアンは逆三角形の形をした顔の男の前に立った。

言葉の主は、貴族の中でもルシアンと気軽に言葉を交わせる立場の人間ではないのだろう。急に目の前に現れたルシアンにびっくりしつつ、名乗ってくる。

「ダ……ダヴィド子爵家が嫡男、アルバン・ダヴィドと申します」

「ダヴィド家というと、後ろ盾はバルテレミー伯爵か。彼には会う機会が多い。先日も父との会食で顔を合わせた」

「はっ……はい」

急に王子殿下に話しかけられ、頬を紅潮させているアルバン・ダヴィドと名乗った青年にルシアンはわかりやすくため息をつく。

「顔だけ、か。確かに私は外見ばかりを褒められることが多く、精進せねばと思っていたところだ」

（ええと……!?）

まさかの言葉に、エステルは思いっきり目を見開いた。

今、ルシアンは『自分は顔だけの王子だ』と言ったのだ。

（ルシアン殿下はこういう冗談を口にする方だったの……!?）

王子殿下の口から発せられたふざけた言葉に、普段の彼をよく知っている側近たちから堪えきれないという様子の笑いが漏れる。

エステルも信じられない展開に目を泳がせるしかなかった。

「いや、顔だけと言うのは……」

困惑したらしい逆三角形の彼の視線がさまよい、エステルに行き着く。こちらを見ないでほしい。

その視線の先を追うまでもなく、ルシアンは告げる。

「まさかとは思うが、エステル嬢は私の婚約者でありこの国に尽くすれっきとした聖女だ。――彼女への侮辱は私への侮辱と同等以上と理解するように」

にこやかかつ上品な口調だったが、最後は語気が強まった。

エステルも含め、その場にいた人間たちは口をぽかんと開ける。

「エステル嬢、向こうへ」

「はっ……はい？」

ルシアンはそのままエステルをエスコートしてバルコニーへと向かう。

行き先を先読みしたウェイターがエステルに飲み物を渡してくれる。

「お飲み物をどうぞ」

「ありがとう」

渦中から爽やかにエステルを連れ出してくれるルシアンの姿は、とても大人びていてスマートだった。


ルシアンに連れてこられたバルコニーからは、そのまま庭園へと下りられるようになっていた。

さすがに庭園に下りるのは形だけの婚約者を越えた振る舞いになってしまうが、ここでベンチに座り語らうだけなら問題ないだろう。

細長いシャンパングラスに注がれた淡いピンク色の飲み物には、細かな泡がゆらめいている。

普段、あまりお酒を口にすることがないエステルは首を傾げた。

（いちごの香りがする……これはジュースかしら）

「挨拶のために連れ回しすぎてしまいましたので、こちらに案内しましたが。エステル嬢はお疲れではないですか」

「ありがとうございます。緊張しておりましたので、少しほっといたしました」

失礼がないように上品な言葉で返すが、飾ることのない本心である。

「お会いするのはこの前のお茶会以来ですね。……そうだ。あの時、エステル嬢が薦めてくれた本を読んだのですが、確かに面白かった」

「よかったですわ。覚えてくださっていたことがうれしいです」

エステルに合わせて無理のない話題をスマートに提供してくれるルシアンは、上品な王子殿下そのものだった。

エステルが外から見るときの『完璧でクールなルシアン殿下』とも少し雰囲気が違い、意外に感じてしまう。

いつも婚約者の義務として彼に面会するときは大体側近やメイドが同席している。

けれどこのバルコニーにやってくるとき、ルシアンはなぜか人払いをしてしまった。騒ぎに巻き込まれたエステルを気遣ってくれたのだろう。

ということで、今は二人きりだ。

（ルシアン殿下と二人でお話しするのはこれが初めてかもしれないわ……）

初めは緊張したものの、バルコニーでのルシアンとの会話は意外と楽しかった。

たわいもない世間話に始まり、まるで友人と話すような軽い話題に退屈することがない。

（きっと私に合わせて話題を選んでくださっているのね）

普段、義務のようなお茶会で仏頂面を向けてくる彼からは想像できない姿に、エステルは内心驚いていた。

途中、エステルは喉が渇いてグラスに口をつける。

「……⁉」

「エステル嬢、どうかしましたか？」

「いえ、あの……」

どうやらこれはお酒だったようだ。

話に夢中になっていて、泡が泳ぐこの飲み物が何なのか確認するのをすっかり忘れていた。

「……エステル嬢？」

ぐるぐると世界が回って、遠くでルシアンの心配そうな声色が聞こえる。

意識を保とうとしているはずなのに声が近づくことはない。

（あれ……どうしよう……）


そのまま意識は遠のいて、気がつくと翌日の朝だった。

シャルリエ伯爵家のベッドで目を覚ましたエステルは、自分が昨夜、酒に酔ってルシアンに送り届けられたという顛末を聞いた。

恥ずかしさで顔から火が出そうだったけれど、ルシアンはエステルの体調を気遣う手紙を送ってくれた。

その振る舞いがまた完璧で、エステルは『やはり彼は別の世界にいる人だ』と思った。

その後、エステルとルシアンは顔を合わせることはなく。

エステルは義妹の提案で辺境の地にある修道院へ行かされることになり、道中で死んだ。

◆

回想を終えたエステルは招待状をエプロンのポケットにしまう。

(この招待状はこの人生では無縁！　もしルシアン様にパーティーへ誘われたとしても断らなきゃ。今回はアイヴィーと距離を置くんだから。実現するかは別として、アイヴィーがルシアン様の婚約者の座を狙っているなら、この夜会に出るのは絶対に良くない……！)

今度こそ義妹に殺されてなるものか、と決意を新たにする。そして。

(あの夜会での彼の振る舞いは『形式ばかりの婚約者』に対するものではなかったんだわ……)

今ならわかる。

ルシアンが、皆に聞こえるようにしてエステルを守った理由が。

(ただのスマートな行いと勘違いしてろくにお礼も伝えず、お酒を飲んで気絶した自分を呪いたい……)

心の中で茶化してみたものの、今となってはあの日のルシアンの振る舞いを思い出すだけで胸が痛い。

（でも、私は死にたくない。アイヴィーに関わってはダメなの）

そうして、エステルはほんの少し育ち始めていた彼への特別な想いに蓋をする。

「大丈夫。まだ後戻りができるもの」


しかしあっさりとそうは行かず、びっくりするほど非情なのが現実である。

「一緒に行ってくれないと今日このカフェから帰らない」

「……」

どうしてこんなことになっているのか。

その日の昼、エステルは目の前で駄々をこねる元婚約者に遠い目をしていた。

ちなみに、使い魔はルシアンの隣で人間の姿になりおやつのチョコレートケーキを夢中で食べている。

最初は黒猫の姿だったはずが、気がつくとこうなっていた。

エステルの闇聖女の力は絶好調のようである。

意識を飛ばしかけたエステルに、ルシアンはニコリと微笑む。

「もう一度言う。今度、王太子殿下の誕生日を祝う夜会が王城であるんだ。それに、一緒に出席してほしい」

「無理です。お断りします」

「どうしてだ。エステルはまだ俺の婚約者だろう？　この招待状が届いている時点で、参加する資格はあるはずだ」

「！」

正論でしかない。

けれどエステルにだって断る権利はある。

問題は、こうして誘われて思ったよりもうれしい自分がいることだった。

（こんなの完全に予想外だわ……！　朝、招待状を見つけたときはルシアン様とはいつでも離れられると思っていたのに）

確かに、エステルは育ちかけていたルシアンへの想いに蓋をしたはずだった。

それなのに、彼にまっすぐに頼まれると言葉に詰まってしまう。

どうしても断りきれないのだ。

「この誘いが君の意に沿わないものだとわかってはいる。だから一人で参加するつもりだったが、ここに来てエステルの顔を見たら話さずにいられなくなった」

「……その言い方はずるいです」

「俺が呪いを利用してると思ってる？　苦しまないために誘いを受けるように仕向けていると？」

思わぬ答えに、エステルは拒絶することを忘れ慌てて首を振った。

「……その発想はありませんでした。ただ、私にもその言い方で揺れるところがあるというだけで……」

正直に答えると、ルシアンの隣でもぐもぐとチョコレートケーキを口いっぱいに詰め込んだクロードが「うへえ、甘すぎる」と呟く。

ルシアンは間髪を入れずに真顔で告げてくる。

「優しくてかわいい。好きだ」

「だっ、だから、今ここでそれは反則ですってば！」

「今のはわざとだ。どうせ一緒にいたら告げることになるんだ。それなら初めから目を見て伝えた方がいい。俺はエステルが驚いている顔よりも照れている顔の方が見たい。いやどっちもかわいいが……できれば照れている顔の方が、色っぽ……っつ」

言っている側から顔色が紫になっていく。

「ルシアン様!?　大丈夫ですか!?」

「ああ……途中から聞かせたくない言葉が出てきそうで止めた……油断も隙もない……っ」

二人の様子を眺めながらチョコレートケーキを食べ終わったらしいクロードは、お皿を舐めてとても楽しそうである。

「本当に油断も隙もないわ。たまに本気で闇聖女が気の毒んなるわ、はは」

「クロード……黙れ」

今朝、死に戻り前のパーティーのことを回想したばかりのエステルには目の前で息苦しそうに耐えているルシアンの姿が新鮮すぎる。

涙を流してゲラゲラと笑っているクロードと、その口を闇魔法で封じようとするルシアンを眺めながら、思わずにはいられない。

（……私はこのルシアン様ともっと一緒にいたかったわ）

カウンターの向こうはまるで別世界だ。

かつて自分も向こう側にいたけれど、今後はもう交わることがない人たち。

（今はルシアン様もこうしてこのカフェに来てくださるけれど、時間が経てば関わりはどんどん減っていく。私とは別のきらびやかな世界で生きていかれるお方だわ）

そんなことを考えながらぼうっとしていると、手に温もりを感じた。

見ると、ルシアンがカウンター越しに手を握っていて、エステルは飛び上がった。

「な、何を……!?」

「エステル。一度だけでいいんだ。一緒にパーティーに行きたい」

「！」

低く落ち着いた声で告げられた言葉に動けない。即答で断らなければいけないのに、それができなかった。

（これはうっかり漏れ出た本音でも、私を口説くためにわざと大袈裟に言っている本音でも、どちらでもないとわかるわ……）

ルシアンはふざけることなく真剣に、エステルに夜会でのエスコートを申し入れているのだ。

けれど。

（無理、私は死にたくないの。アイヴィーに目をつけられて刺客を送られるなんて絶対に嫌……

でも）

エステルの迷いを感じ取ったのか、ルシアンは引き下がらず、縋るように頼み込んでくる。

「お願いだ。どうか一緒に」

「……もし、この夜会に出席したら、私たちの婚約を解消してくださいますか……？」

「どうしてそんなことになるんだ」

「だって」

未来を知っているとはさすがに言えない。しかし。

（このパーティーにはアイヴィーも参加すると言っていたわ。そこが死に戻り前と違っていて気になるところだけれど……。とにかく、私は関わるわけにはいかないの）

「妹のアイヴィーにもこの会への招待状が届いたと聞いています。いくら私がシャルリエ伯爵家と縁を切ったと言っても、アイヴィーが出てくるのなら話は違ってくると思います」

「……なるほど」

急に変わった声色にエステルは顔をあげる。

見ると、さっきまで緩み切っていたルシアンの表情が、引き締まって厳しいものになっていた。

そう、まさに死に戻り前によく知っていた冷酷で完璧な王子様の顔だ。

「あの、ルシアン様？」

「つまり、エステルはアイヴィー嬢を消せば俺と一緒に夜会に出てくれると？」

「いいえ違います」

「彼女のことはタイミングを見て消すつもりだったから問題ない」

「あの、全然違うのですが聞こえていますか⁉」

いくら何でも、国の第二王子が伯爵令嬢であり国の希望でもある聖女を〝消す〟わけにはいかない。けれど、もう何を言ってもルシアンの耳には届かないらしい。

「エステルは俺のエスコートで今度の夜会に参加するんだ。俺にとって、ただ一つの思い出の日になると思う。だから、どうか頷いてくれ」

「……わかりました」

ここまで言われてしまっては、エステルも頷くしかない。

けれど、どう考えても不安しかなかった。

（どうしてこんなことに⁉）


「とりあえずよかったな。闇聖女が一緒にパーティーに出てくれることになって」

「闇聖女じゃない。エステルだ」

エステルのカフェから戻ったルシアンは、クロードと共にこれからの作戦を立てていた。

作戦といってもシンプルなものである。ルシアンは結論から口にする。

「とにかく、アイヴィー嬢は邪魔だな。消そう」

「王子様言葉遣い」

「王都から消すのはありだろう」

「そうすると、闇聖女エステルの負担が大きくなるんじゃね？　あの子、自由に生きたいんだろ？」

「……そのことなんだが。最近、王都の一部の地域で瘴気の発生頻度が減っているのは知っているか？」

「知らね」

側近兼使い魔は興味なさそうに寝転がってしまったが、最近、瘴気の発生頻度が下がっていることは事実だった。

「瘴気は魔法だけでなく人の営みによって蓄積し害をなす。そして、光魔法での浄化が外側からのものなら、闇魔法による浄化は内側から行われる。つまり、既に発生した瘴気を消すのが光魔法なら、発生しないように元を断つのが闇魔法。……瘴気の発生頻度が減っているのは、王都の南側――エステルのカフェがある地域だ」

「へえ」

「しかも、少しずつ広がりを見せている。エステルが闇魔法を使ったカフェを営業していることと関係ないはずがない」

ルシアンは、エステルのカフェのおかげで内側からの浄化が進んでいると予想している。

もちろんそれだけでは聖女の仕事としては限界がある。

けれど、取り入れ方次第ではこれまでの聖女とは全く違う、しかもより優れた方法で浄化できる可能性があった。

（光魔法での浄化は派手でいかにも聖女らしいものだが、そもそも瘴気は発生しない方がいいんだ。俺はこの国で唯一の闇魔法の使い手として知られているが、エステルのようなことはできない。彼女の力を使えば、世界の誕生から皆を悩ませてきた瘴気の存在自体を消すことができるかもしれない）

真剣に考え込んでいると、クロードが不思議そうに聞いてくる。

「それにしてもお前さ。なんでそんなに闇聖女と一緒にパーティーに行きたいの？」

「うるさいな。……ただ、楽しかったからだ」

「ひえ」

「もちろん、エステルが本気で嫌がるなら呼吸を止めてでも諦めるつもりだった。だが」

「あー。明らかに、迷ってますけどめちゃくちゃうれしいですの顔してたな」

「あれを見たら、押さずにいられるか。……かわいかっただろう？」

「それ同意したら闇魔法出る？」

「肯定しても否定しても許せない気はしてる」

「ひえっ理不尽！」

使い魔の叫びを聞きながら、ルシアンは死に戻り前のパーティーのことを回想した。

◆

その日、エステルをエスコートすることになったルシアンは、万全の準備を整えたうえで会場に立っていた。

この誕生日パーティーに婚約者を招待してはという話になったのが数ヶ月前のこと。国王の提案を涼しい顔で受け入れたルシアンは、笑みが溢れるのを懸命に堪えて自室へ戻り、その日からずっと用意周到に備えてきた。

エステルにプレゼントしたドレスは、王都で人気のドレス工房に通い詰めて作らせたもの。

初めて公式の場でエステルと一緒に立てるのだ。彼女が一番自信を持っていられる状態にしたいし、どんなことがあっても守ろうと思っていた。

ちなみに、ルシアンが身につけるウエストコートはエステルのドレスに合わせたものだ。

それを見た侍従からの『お二人の婚約者としての良好な関係をアピールできますね』という言葉に気をよくし、カフスボタンまでエステルの瞳の色に揃えてみた。

クロードは「コイツ、やべえ」と部屋中を笑い転げ回っていたが、ルシアンは気にしなかった。

会場では、エステルが疲れていないか細心の注意を払う。

（普段、エステルは俺の婚約者としてではなく聖女として過ごしている。今日の夜会には彼女が

いつもは関わることがない人間が多い。緊張で疲れてはいないだろうか）

そう思って隣の婚約者に視線を送れば、彼女は自分の頬を両手でむにむにと揉んでいた。

「……⁉」

（かっ……かわいい。なんということだ）

エステルは、今この瞬間をルシアンに見られているなどとは夢にも思っていないらしい。ぱちぱちと愛らしい目を瞬きながら口を引き結び、無防備な様子で自分の頬を引っ張っている。

むに、むに、むに、むに。

心の中で擬音までつけて、エステルの身振りを凝視し堪能する。

（この仕草、かわいすぎるだろう⁉　白い頬が柔らかそうだ……ほんの少しでいい、触れてみたい……って、俺は一体何を考えているんだ！）

クールな顔を作れていないことに気がついたルシアンは慌てて表情を取り繕うと、心の中で自分の考えを否定する。

（俺がこんなことを考えているなんて知ったら、絶対引かれる。エステル嬢にとって俺は、ただ国と親に決められた婚約者に過ぎないんだから）

兄たちも婚約者とはドライな関係だ。

それをずっと見てきたルシアンとしては、本気で好意を持っていることを下手に知られ、ドン引きされて引かれるのが最も怖いところだった。

エステルの前ではできる限り冷静にクールに、世間一般で知られている自分のイメージ、『王族らしく冷徹な第二王子』を貫くつもりでいた。

しかしパーティーの最中、陰でエステルを『顔だけ聖女』と悪く言った逆三角形の顔をした男の前では頭に血が昇りかけた。

（お前が誰を侮辱したのかを理解し、苦しめ）

堪えて笑いに変えその場を収めることに成功したものの、怒りは収まらない。

とにかくここからエステルを逃してやりたかった。


何とか会場の喧騒からエステルを連れ出したところで、ベンチに並んで座る。

しばらくはたわいのない話をした。何を言っても微笑んでくれるエステルは本当に天使のように見えたし、普段はお茶の時間に無言の時間を過ごすことが当たり前だったから、ルシアンはそれだけで楽しかった。

しかし、すぐに状況は一変した。

「――エステル嬢？」

エステルがグラスに口をつけた瞬間、緊張しながらも上品に微笑んでいた彼女の表情は一瞬で緩み、その代わりに喋らなくなってしまったのだ。

（何があった？　……もしかして）

慌てて、ルシアンはエステルが持っていたグラスの匂いを嗅ぐ。

「……これは酒だ」

おそらく、慣れていないのに酒を飲んだせいで気分が悪くなったのだろう。

誰かを呼んで介抱を――そう思い立ち上がった途端、ぎゅっと袖を掴まれる。

驚いて見下ろすと、頬を染めてふにゃりと微笑むエステルの姿があった。

「どちらへ行かれるんですか、ルシアン様」

「……るしあんさま」

甘ったるい声で呼ばれた親しげな自分の名前を、思わずルシアンは復唱した。

「あっ……間違えてしまいました。ルシアン殿下でした。今日は緊張してしまっていて……っい」

「……ルシアンでいい」

あまりにもかわいらしいその姿に、つい本音が溢れる。

「まぁ。ふふふ。そういうわけにはまいりません」

両頬を押さえたエステルの髪は、月の光に照らされてキラキラと輝いている。少しだけ潤みピンクを帯びた瞳に、自分の影が見える。

その距離で微笑まれたことに気がついてルシアンは息を呑み、再度エステルの隣に腰を下ろした。

「気分が悪くはない？」

「ふふっ。とっても楽しいです……！」

「それはよかった」

冷静で完璧な婚約者を演じていたはずなのに、無邪気なエステルの様子に口調が軽くなってしまう。

それでも酔いが回ったせいでニコニコと笑う彼女から、目が離せない。

「なんだか、今の言い方がとても懐かしい気がします」

「懐かしい?」

「そうです。以前……ううん、ずうっと昔にこんな風にお話ししたことがあるような、そんな気持ちです」

「……」

実はしっかり心当たりがあるルシアンは口を噤んだが、エステルは気にすることなく続ける。

「私、お菓子を作るのが好きなんです」

「そうか……」

「でも、家族以外の人に食べてもらえる機会ってなくて」

「確かにそうだな。茶会なんかだとシェフが作ったものしか出せないしな、安全面も考えて」

「ええ。でも、子どもの頃に参加したお茶会で、私が焼いたケークサレをおいしいって食べてくれた子がいて」

「……」

「今、ルシアン殿下とお話をしていて、そのことを思い出しました」

「……もっと詳しく聞いても?」

それは、ルシアンが大切にしている子どもの頃の思い出と重なった。もちろん、ルシアンはその相手がエステルだと知っている。自分だけの淡くて甘い思い出のはずだった。

（もしかして、彼女も覚えているのか）

声がうわずるのを堪えながら、ルシアンは隣に視線を送った。

エステルは頬を上気させ、変わらず楽しそうに話している。

「その日、私はこっそり自分が焼いたケークサレをお茶会に持って行ったんです。まだ子どもだったので全然わかっていなくて。当然、誰にも食べてもらうチャンスはなく、つまらない時間ばかりが過ぎました」

「……」

「それで、ひとりで庭の隅の木のところまで行ったんです。そうしたら、先客がいらっしゃって」

ふわふわと笑うエステルは、ふふふ、と上機嫌で続ける。

「私と同じように、お茶会のはみ出し者になっていた男の子が一人。そこから何の話をしたのかしら。ううん。私ばかりお話ししていた気がします」

「そして、ケークサレを二人で食べたのか」

「よくわかりましたね。……ええ、なんとその子全部食べてくれたのです」

ルシアンにとって、エステルの声は心地よく鳴る鈴の音のようだ。

たまらなく甘く響き、全てを癒してくれる。話すだけで自分を癒してくれる彼女は、魔法を使わなくても聖女だとちょっと本気で思っている。

だから、大好きな彼女の話に口を挟むなんてありえない。けれど、今日はつい先を急かしてしまった。いつもの凛としたエステルはどこにもいない。隣にいるのはニコニコと愛らしく微笑む婚約者である。

この時間をともに過ごせることに心から感謝しながら、ルシアンはしみじみと応じた。

「……きっと、ものすごくおいしかったんだろう。彼はおいしさと無邪気な君の姿に励まされて、何か思い悩んでいたのを忘れ元気になったのかもしれないな」

「そうだったらとてもうれしいです。……これは、私が認められて楽しかった唯一の思い出なのかもしれません……とても懐かしくて幸せな思い出です……」

舌足らずな話し方と無防備な声色から、彼女が今どんな表情をしているのかは容易に想像がついた。顔を見たいような見てはいけないような。贅沢な悩みがルシアンを支配していく。

（その茶会の後、俺たちが婚約するまでは数年かかった。顔合わせのとき、俺を覚えていないようだったからこれまで何も言わずにきたが……。伝えてもいいものか）

ルシアンが逡巡する間、テラスには会場内から漏れ聞こえる楽しげな音楽だけが響く。

ふと、体の左側に温もりを感じた。見るとエステルが自分に身体の半分を預けている。

アルコールが回った彼女がもたれかかっているのだ、と認識した瞬間、カッと全身が熱くなった。

（エステルの香りが……なんて甘い。幸せすぎて、酔いそうだ）

けれど、ここで自分を見失うわけにはいかない。とにかくその思い出の男の子は自分だと話そうと決意を固め、隣に視線を移す。

すると彼女はくうくうと寝息をたてていた。

「……！」

緊張しながらたくさんの人の前に出た後、慣れない酒を飲んだのだ。仕方がないだろう。

グラスの中身を確認する余裕もないほどに、いっぱいいっぱいだったのだ。

そんなところすらもかわいく思えて、ルシアンはそっとエステルの肩を抱く。

（でもいい。エステルは俺の婚約者だ。これまで通り、俺は俺なりの守り方を）

そして、すうすう眠っている婚約者の髪にそっと唇を寄せたのだった。


エステルはなかなか起きなかった。

いい加減にしないといけないと自分を諫めつつ、左側の温もりをそれなりに堪能してしまったルシアンは、人を呼んでエステルをシャルリエ伯爵家まで送り届けた。

翌朝、彼女は絶対に覚えていないだろうと思いつつも、ほんの少しだけ期待を持って気遣う手紙を送ってみた。

帰ってきたのは、いつも通りの形式的な返事。

（まあ、そうだよな。酒が回っての会話なんて、覚えてくれている方が奇跡、か）

仕方がないと思いながらも、ルシアンは肩を落とす。

楽しかった夜が幻に消えた気分だった。

◆

ちょうど回想を終えたところで、クロードが聞いてくる。

「お前が闇聖女を好きになったのっていつだっけ？」

「……母に連れられて参加した茶会だ」

「なんだっけ。闇属性持ちですごいけど実際気持ち悪いって陰口叩かれて、立場上キレることもできなくて、庭の端っこでいじけてたとこを餌付けされたんだっけ？」

「違う。とびきりかわいい笑顔で励まされて、手作りのお菓子をもらったんだ。普通、落ちるだろ」

「ああ。男は単純だにゃ……っていうか、今の話どっかで聞いたことがある気がするにゃ？」

「俺はこの話をクロードに十回はしてる。お前はその度に大して興味がなさそうな顔をして聞いている。そのせいだろう」

「そっか。どっか、別の場所でほかの人間から聞いた気がするんだにゃ……気のせいか？」

「それは間違いなく俺だ。しかし、十一回目の話をする日も近そうだな」

「おっと勘弁してにゃ」

そういうことだった。

シャルリエ伯爵家では、ディナーの時間には家族全員が揃うのが慣わしだ。

「……っ」

食事中、シャルリエ伯爵夫人――エステルの母、が言葉に詰まる。

無意識のうちにエステルに話しかけようとしてその席が空席なことを思い出したらしい。

エステルが出て行ってからかなりの月日が流れたものの、こういったことは未だに一日に数度は起きていた。

（……またエステルお姉様に話しかけようとしたのね）

アイヴィーはそれをチラリと横目で見た後、話題を投げかける。

「今日、神殿の遣いで王都の東を浄化しました。街の人々がこんなに華やかな儀式は久しぶりに見たと褒めてくださいましたわ」

「……それは。聖女としてアイヴィーは頑張っているな」

「ありがとうございます、お兄様！」

二番目の兄が褒めてくれたものの、その口調はどこか気遣わしげだ。

アイヴィー自身もそれを感じ取って頬を膨らませる。

（この家を出て行った人のことなんて、気にしたって仕方がないのに。私だってこの家の子なの

よ。あらゆるものが平等に分け与えられてきたし、そうするべきだわ）

　そのとき、怒りながらお肉を切っていたせいで手元が狂い、ナイフがすっぽ抜けて飛んで行ってしまった。

　カシャン、と大きな音がしてナイフが床を滑り壁にぶつかる。

　それを聞いた母親はため息をついた。

「……アイヴィー。こんなことを言いたくはないのだけれど、テーブルマナーの練習はどうしたのかしら？　最近、先生がいらっしゃっていないみたいだけれど」

「えっと……。聖女として神殿に赴く機会が増えたので、しばらくはお休みにしていただきました」

「それは困ったわね。アイヴィーにはすぐにでもきちんとした礼儀やマナーを身につけてほしいところなのに」

　心底滅入った表情をする母親に、アイヴィーは頬を膨らませる。

（テーブルマナーなんて、ナイフとフォークを使って食事ができればそれでいいじゃない！）

　本来、貴族令嬢としてテーブルマナーは最低限身につけるべき嗜みだ。

けれど、アイヴィーにはなかなか身に付かなかったし、両親もそこまで厳しくは指導して来なかった。

　それがエステルがいなくなった途端、急に口うるさく言われるようになってしまったのだ。

（エステルお姉様にはこんな風に言っていなかったわ。きっと、私が養子だからお母様はうるさ

く言うのよ。……ひどい)

アイヴィーの考え方は大体こんなものだ。伯爵令嬢として享受できるものは当然のように受け入れ、義務や面倒ごとに関しては疑問を投げかける。

これまではそれでうまく行っていた。

しかし、この家の令嬢が自分一人になった瞬間、厳しい目が向くようになってしまったのだ。

(私だって、れっきとしたこの家の子どもなのに!)

何度目かの文句を呑み込んだ後で、アイヴィーはずっとおねだりしようとしていた願いを思い出し楽しい気分が戻った。

「そうだ、お父様。私、やっぱり今度の王太子殿下のお誕生日パーティーに出たいですわ」

「お誕生日パーティー、って。そんな軽いものではないだろう」

「だって……。お姉様には招待状が来たのに、どうして私には来ないのですか?」

瞳を潤ませると、両親が困ったように顔を見合わせ目配せしあう。

「……実は、つい先日、エステル宛のもの以外にも我が家に招待状は届いたのだ」

「まあ! それじゃあ……!」

目を輝かせたアイヴィーに、母親はため息まじりに告げてくる。

「当たり前だけれど、会場は王城なの。もしかしたら、気まずい思いをするかもしれないわ。まずはテーブルマナーでしょう。他にも淑女の嗜みはたくさんあるのよ」

「大丈夫よ! 私にはルシアン殿下のエスコートがあるのでしょう? もしわからないことがあ

ってても、きっとフォローしてくださるわ」

「「………」」

両親はまた顔を見合わせてため息をつき、兄二人は何も言わずに食事を続けている。

少し前までこのディナーの時間は一家団欒の賑やかな時間だったし、その中心はいつだってアイヴィーのはずだった。

（変なの。エステルお姉様がいなくなったせいでこんな雰囲気が変わってしまうなんて。皆がお姉様のことを気にしているからだわ。皆、お姉様のことなんて忘れてしまえばいいのに。そうすれば、きっと私は養子じゃなく本当の伯爵令嬢・アイヴィーになれるのに……！）


両親は微妙な反応をしていたが、さすがに王城からの招待を断るわけには行かない。

望み通り、アイヴィーは王太子の誕生日を祝う夜会へと出られることになった。

アイヴィーが初めて貴族令嬢として招待された王城の煌びやかなパーティーである。

「デビュタント以来、初めての王城でのパーティーだわ！　どんなドレスにしようかしら！」

とびきりはしゃいで喜べば、母親がマナーの練習もしないとね、と水を差してくる。

（お母様ったら今さらすぎるわよ。でも、当日会場に入ってしまえばこちらのものだわ。さすがにお母様は公衆の面前で私を注意するようなことはないでしょうし。だって、私は聖女なんだもの）

そして、エスコートがルシアンではなく兄だということだけが不満だった。

第八章

パーティー

Chapter 8

王城でのパーティーの日。

エステルのもとには、準備を手伝うためにルシアンからメイドが二人派遣された。

シャルリエ伯爵家を出てからというもの、煌びやかなドレスもコルセットとも疎遠になっていた。久しぶりの人の手を借りた支度に戸惑ってしまう。

ルシアンが準備してくれたドレスは、一度目とは違うデザインだった。

淡いブルーのサテン生地に王道のプリンセスライン。

一度目のときに着た、シャンパンゴールドにピンクのリボンと小花柄のドレスもエステルによく似合っていたが、今回のドレスはよりしっくりくる。

鏡の中の自分を眺めながら、エステルは不思議な気持ちになった。

（こんなことって……ある？　死に戻る前とはルシアン様との関係が違うからドレスも変わったのかしら）

サイドを編み込んだアップスタイルに髪型を整えてもらっているところで、朝の見回りを終えたらしいクロードが猫の姿のまま窓から入ってくる。

それに視線で「おかえり」と告げながらエステルは考えた。

（いざというときはクロードに着替えを手伝ってもらえばいいと思っていたのだけれど、ルシアン様ってやっぱり抜かりないのね）

「お前、なんかオレのためにならないことを考えてるだろう？　マジでやめてくれ。アイツに殺されるから」

使い魔は人間の形になってもメイドにはなれないようである。

死に戻り前のエステルは、クロードが言っている意味がわからなかっただろう。

しかし今ならば、何の疑いもなくすんなりと「まぁそうだろうな」と思ってしまうのがこわい。

（死に戻り前とは全く違った気持ちで臨むパーティーだわ……）

少なくとも、パーティーの最中に聞こえてくる自分を揶揄する声は今度こそ自分で撃退したかった。


時間ぴったりにカフェの扉に備え付けられた鐘が鳴る。

メイドが扉を開けると、そこにはルシアンが立っていた。

「……綺麗だ……」

ルシアンはそれだけを口にすると、言葉を失ったように黙ってしまった。

白い盛装に身を包んだ彼はこれ以上ないほどに王子様っぽい。一度目のときとウエストコートの色が微妙に違うのは、エステルのドレスに合わせてコーディネートしているからだろう。

そこまで考えたところで、カフスボタンにピンクサファイアが使われていることに気がついて、エステルは思わず息を呑む。

（濃いピンクのカフスボタンなんてルシアン様のイメージではないわ。もしかして、私の瞳の色に合わせてる……!?）

彼とは離れないといけないのに、ドキドキするからやめてほしい。

しかしエステルの心中を知らない当のルシアンといえば、相変わらず丸見えの本音が残念でしかなかった。

「……いい。正解。こっちが大正解だ。自分の道を生きるエステルには、ノーブルで爽やかなデザインがいい」

「？　え、なんのお話でしょうか？」

「……エステルがおとぎ話のお姫様のように美しいってこと」

「⁉　なんっ……⁉」

どうやら一度目とは褒め言葉まで違うらしい。

マナーとして、詩的な褒め言葉を叩き込まれたはずのルシアンから発せられたわかりやすく素直すぎる文句に、エステルは目を瞬く。

けれどルシアンはいつも通りだった。動揺するエステルにはお構いなしに本音をだだ漏れにする。

「こんな風にまたエステルをエスコートする機会が得られるなんて夢のようだ。幸せすぎて俺は死ぬのかもしれない……いや、アイヴィー嬢を消すまでは死ねないか？」

「軽々しくこの国の聖女を消そうとするのはやめてください」

「だって……鏡見た？　本当にかわいいよ？　俺は今日のエステルが楽しみすぎて昨夜眠れなかったんだが、想像の数倍だ。眠れなくて全然よかった、何の後悔もない」

そう言って赤くなった顔を両手で覆うルシアンを前に、思わずエステルまで赤面してしまう。

「⁉　勝手に想像しないでいただけますか！　そして仮に私の盛装がそうだったとしても、アイヴィーを消す理由に直結しないはずですけれど！」

「……そういうところも本当に好きだ。大丈夫、君は俺が絶対に守るから」

ルシアンの口調が砕け始めたがまだ顔色が紫に変わる気配はない。少し前ならもうこの辺で息苦しそうになっていたが、このぐらいの本音なら今さら隠す気はないのだろう。

エステルも気恥ずかしいものの、息を呑んで固まるまでにはまだ遠かった。

二人とも、すっかりこの状況に慣れてしまった。

「……お前ら本当に面白くて気持ち悪いな、まじ笑うわ」

黒猫姿に蝶ネクタイを着け呆れ顔のクロードをお供に馬車に乗り込み、王城へと向かう。

夜会のはじまりは、もうすぐだった。

◇

大広間は死に戻り前の記憶とほとんど変わらなかった。

ただひとつ違ったのは、両親が声をかけてきたことである。

「エステル！　会いたかったわ！」

「お……お母様……」

夜会が始まってまもなくのこと。突然腕に飛びついてきた母親に、エステルは驚いてルシアンの腕から手を離してしまった。
ルシアンはそれが気に入らなかったようである。
エステルが複雑な表情を浮かべているのを確認してから、両親へ不自然なほど尊大に話しかけ
た。
「……これは、シャルリエ伯爵夫妻。お会いするのはあの日以来ですね」
「はっ……はい。ルシアン殿下。この度はエステルをエスコートしていただきありがとうござい
ます」
「シャルリエ伯爵家を出たにも関わらず、エステルを気にしてくださっていること、とてもあり
がたいですわ」
口々に挨拶をする両親を見ながら、エステルはルシアンの腕をぎゅっと掴み直す。
（お父様とお母様にお会いするのは家を出て以来だわ。何かをされたわけではないけれど……死
に戻り前はアイヴィーの意見に従って私を辺境の地に送ったんだもの。関わりたくない）
社交の場でのルシアンはにこやかなオーラを放っているものの、同時に高貴で近寄り難い空気
を纏っていることに変わりはない。
エステルは今ほどそれを心強く思ったことはなかった。
エステルの父親は額の汗を拭きながら声をひそめて告げてくる。
「……ルシアン殿下に折り入ってご相談がございまして」
「一体どのようなことでしょうか」

ルシアンは微笑みを浮かべてはいるが、声色は硬く刺々しい。

それに気がついているらしい父親は一瞬口を噤みかけたが、隣の母親から促されるようにして再度口を開く。

「家を出たエステルにはシャルリエ伯爵家の後ろ盾がありません。どうか、家に戻るように殿下から説得していただけないでしょうか」

（……!?　お父様は何を仰っているの？）

驚愕の相談にエステルは口をぽかんと開ける。自分で反論したいところだったが、驚きすぎて言葉にならない。

（私は家に戻ったところでまたアイヴィーの引き立て役になるしかないわ。この前カフェを訪ねてきたアイヴィーの様子を見ていれば、お父様もお母様もあの子の言いなりになるとわかるもの。そうすればまた同じ運命を辿る。そんなの嫌）

ルシアンには即刻断ってほしいところである。

けれど、ルシアンがエステルとの婚約解消を嫌がっていることを考えると不安が滲む。

なぜなら、聖女でなくなっただけでなく伯爵家を出て平民になったエステルは、王子殿下の婚約者でいられること自体がおかしいのだ。

ルシアンはさすがに両親の側につくことはないだろうが、エステルと結婚するために新たな案を提案する可能性もなくはない。

青ざめて成り行きを見守るエステルの耳に、ぷっという馬鹿にしたような笑い声が届く。

驚いて隣を見上げるとルシアンは笑っていた。けれど、涼しげな青を帯びた瞳には、同時にこれ以上ないほどの怒りも湛えている。

「そうか。シャルリエ伯爵閣下は、この婚約を〝エステルが伯爵家を後ろ盾に持つ聖女だからだ〟とお思いなのでしたね。これは実に愉快だ」

「し……しかし、実際にルシアン殿下はエステルが聖女になるからという理由で婚約を申し入れてくださったのではないですか」

何とかエステルの説得を頼みたいらしい父親が言葉を繋ぐ。そこには、かつての自分への実家からの扱いが自然と滲み出ていて苦々しかった。

だが確かにエステルにも腑に落ちない所がある。

(歴史を遡るとたくさんの聖女を輩出しているシャルリエ伯爵家だけれど、王家に嫁いだ方はまだいないのよね。タイミングや王族の方との年齢差が原因なのかと思っていたけれど。私が聖女だから王族のルシアン様と結婚する、なんてどこから来た話なのかしら)

疑問の答えはルシアンが知っていた。

「皆はそう言うな。しかし、私はそれを否定したことこそないが、肯定したこともない」

ルシアンの言葉は「仮に、エステルが聖女でなくても婚約を申し入れていた」と宣言したも同然だった。

その答えが予想外だったらしい両親は目を瞬き、口をぱくぱくとさせている。

「ど、どうして……私たちは、ずっと」

ルシアンが苛立たしげに口を開きかけたのを見て、エステルはスッと手を挙げそれを静止した。

エステルにとってもそれは完全に予想外で初耳である。

けれど、今は目の前の両親が問題だ。二人を遠ざけるために、ここからはルシアンに頼るべきではない。自分の言葉で説明する必要があるだろう。

（一度目の人生は流れに身を任せて殺されたの。だったら、あのときと同じように自分の人生を誰かに委ねてはだめ）

エステルは背筋を伸ばし、凛とした視線を両親に向けた。

聖女らしい、令嬢らしい振る舞い。

これは、かつて両親が自分に教養として与えてくれたものだ。

皮肉にも、両親のおかげでこの振る舞いはエステルの人生に必要なくなってしまった。けれど、その武器のおかげで今はきっぱりと完璧に拒絶できる。

「お父様、お母様。私はシャルリエ伯爵家の子だったわ」

エステルの言葉は会場に響いた。

和やかな親子の会話とは言い難い異様な雰囲気に、周囲の注目が集まっていく。楽しげな音楽と会話にまぎれていた会話が、会場内に広がっていく。

「そ、そうよ。エステル。私だって大切に育てたあなたがいなくてとても寂しいの。お願いだから戻ってきて」

母親の言葉にちくりと胸が痛む。

けれど、それだけの本音を返す。

「私はシャルリエ伯爵家の子どもだから、アイヴィーと同じように大切にしてほしかったの」

「エステル、何を言っているの……？　私たちはあなたのことをとっても大事に」

「お父様もお母様も、アイヴィーのことは絶対に叱らないわ。全てを肯定して褒めて、泣けば肩を抱いて慰めて、どんなことでも許される。そうやって育ったアイヴィーが私を邪魔に思う可能性は考えなかった？」

両親はエステルがアイヴィーに殺される未来を知らない。けれど、エステルの凄味に圧倒されて息を呑んでいる。

エステルが聖女ではなくなりシャルリエ伯爵家を出たことは広く知られていた。

社交界では相当に話題になったのか、周囲が新たな噂の存在に耳をそば立てている気配がする。

エステルはそれでも構わなかった。

令嬢らしく上品に、でも有無を言わせない強さで続ける。

「この前、私のカフェに来たアイヴィーは『このカフェを買い取ればお姉様はまた私の下になる』と言っていたわ。『また』ということは、私はシャルリエ伯爵家ではアイヴィーの姉ではなく見下される存在だったの。それを許していたのはお父様とお母様だわ」

「エステル。いくら何でも、アイヴィーがそんなことを言うはずが、」

真っ青な顔をして唇を震わせている母親の言葉をエステルはきっぱりと遮った。

「確かに言ったわ。でもねお母様。私は、こうやってひどい言葉で説明することになる前に信じてほしかったの。今だけじゃない。アイヴィーが妹になってからのこの十年間、ずっとそう思ってきた」

「「……っ！」」

やっと自分たちの間違いに気がついたらしい両親は放心状態になる。瞳からは光が消え、顔面蒼白のままただ立ち尽くすしかない。

（やっと気がついてくれた）

慈悲深いと知られる両親は、養子を大変に愛し、実子と変わりなく育てていると言われることに気を良くしている節すらあった。

今さらエステルはそれについて何かを言うつもりはない。

（ただ、そっとしておいてほしいだけ）

複雑な思いで二人を見つめるエステルの肩を、ルシアンが優しく支える。

「私はエステルが聖女でも伯爵令嬢でもなくていい。それだけのわがままが通る力を持っている。……娘の説得に私の気持ちを利用しようなんて、お二人はずいぶんと面白いお方だったようだ」

一見、にこやかに微笑んでいるように見えるルシアンの声色は、とんでもなく冷徹だった。

◇

表情が抜け落ちたシャルリエ伯爵夫妻は夜会の会場から退場して行った。ルシアンにここまで冷たくあしらわれてはこの場にいられないのだろう。

それを見送ったエステルの周囲には、いつの間にか人だかりができていた。

遠巻きに『顔だけ聖女』と揶揄してくる視線をやり過ごしていた死に戻り前とは、随分な違いである。

「エステル様！　私もエステル様のカフェに行ってみたいですわ。友人たちの間でひそかに噂になっておりますのよ」

「私も流行に敏感な友人から聞いたことがありますわ。おいしいケーキと紅茶がいただけるだけじゃなく、元気になれるのだとか」

「私も知っていますわ！　美容にいいのですよね。私の友人で、エステル様のカフェのレモンタルトを食べて意中の殿方から縁談の申し入れがあった方がいましてよ。縁結びにもいいのかしら」

「まぁ！　私も行ってみたいわ！」

（美容にいい、縁結び、どちらも聞いたことがないような……）

こんな風にカフェの評判が広まりつつあるなんて知らなかった。

目を瞬くエステルに、さらに皆が口々に教えてくれる。

「エステル様。看板猫の黒猫ちゃんが訪れた人々に〝闇聖女のカフェ〟と宣伝しているみたいですわ。だからこんなに話が広まっているのだと。エステル様が元聖女だからそんなふうに呼ばれているのかもしれませんが、何だか闇聖女なんてすごいですわね……！」

「あの黒猫ちゃんはエステル様の使い魔なのでしょうか。使い魔なのに人間に媚びなくて素敵ですわね。それを使役するエステル様もかっこいいですわ」

『黒猫ちゃん』とは間違いなくクロードのことだった。加えて、これまでに経験のない言葉で褒められてしまったエステルは目を丸くする。

「か、かっこいい……私が？」

「……アイツ。後で殺す」

エステルと令嬢たちの会話を見守っていたルシアンが呟く。

あいにく、ぶりっこで噂を広めたのであろう黒猫姿のクロードは会場の外で待機している。

真偽の程を確かめたいが、そうはいかなかった。

（いつの間にかカフェのことがこんなに広まっているなんて）

死に戻り前、こんな風にエステルがいい意味で令嬢たちの間で噂になることはなかった。

クロードのせいで広まった不穏な響きは気になるものの、シャルリエ伯爵家を出て新しい人生を踏み出してよかった、とあらためて思う。

「――エステル嬢が淹れる紅茶はそんなに評判なのか。ぜひ飲んでみたいな」

そのとき、ルシアンによく似た通る声がした。けれど、ルシアンのものよりも少しだけ低い。

エステルも一度だけ話したことがあるその声の主は、周囲を囲んでいた令嬢たちが息を呑んでいることにも動じない。

「……兄上。この後、ご挨拶に伺おうかと」

「エステル嬢を連れてきてくれるのを待っていたんだが。なかなか来ないから、こっちから来てしまった」

「それは申し訳ございません」

ルシアンにフランクに接するのは、今日のパーティーの主役・王太子だ。

兄弟というだけあり二人の佇まいはよく似ている。煌びやかなブロンドをさらに目立たせる、背の高さ。はっきりとした顔立ちながらも涼しげな目。とにかく、二人とも神々しいルックスをしていて、つい見惚れてしまいそうだ。

自分の立場が微妙すぎると知っているエステルは、家名を名乗らずに挨拶をする。

「エステルと申します。本日はお招きいただきありがとうございます」

「君がエステル嬢か。ルシアンがここまでのぼせあがるご令嬢はどんな子だろうとずっと気になっていた。お茶会に同席させてくれと頼んでも邪魔をするなとうるさいし、聖女としてもなかなか会う機会がなかっただろう?」

王太子がエステルとルシアンの義務的なお茶会に来たがっていたことは初耳である。

目を瞬いたエステルの隣、ゴホンと咳払いをしたルシアンが一歩前に出た。

「ええその通りです兄上がいてはエステルを独り占めできませんから」

「ひ、ひとりじめ」

「……わざとだから、これは」

エステルは思わず復唱してしまったが、ルシアンは苦笑している。

そうして、二人の会話が聞こえたらしい周囲の令嬢たちからはキャッと悲鳴が上がった。

（それはそうよね。私もルシアン様がこんなお方だなんて思わなかったもの）

王太子も同じことを思ったようで、意外そうに目を見開きつつ告げてくる。

「ルシアンはいつの間にそんな素直になったんだ？　まぁそれは追々聞くとして、私にも評判のエステル嬢の紅茶を飲ませてくれるかい？」

「は、はい。もちろんですわ。茶器をお借りできるのなら、今すぐに」

快く応じたエステルは、大広間を一旦退出し別室でお茶を淹れることになった。


——会場の隅に、ルシアンのエスコートで退出していくエステルを眺めるひとつの影。

それは、初めて参加した夜会で許されてもいないのに主役の王太子へ挨拶をしに行きそうになり、窘められた後もはしゃぎ回ってエスコート役の兄から愛想を尽かされたアイヴィーだった。

さっきから一人で会場をフラフラと彷徨っていたアイヴィーは、あちこちでエステル絡みのさまざまな噂を聞いていた。

（エステルお姉様のカフェってそんなに有名なのね。しかも、『闇聖女』って何？　私が使える光魔法に、誰かを元気にしたり綺麗にするものはないわ。あの魔力なしのお姉様がそんな風に言われるなんて、何かの間違いじゃないのかしら……！）

「でもいいわ。もうすぐお姉様は王子様の婚約者どころか腫れ物扱いになるんだもの」

アイヴィーには、義姉が自分より優れているとはどうしても理解できなかった。

長年舐めていたのだから、仕方がないことなのかもしれない。

しかし。

——時間をかけて培われたエステルに対する優越感が、自分の身の破滅を招くことになるのをアイヴィーはまだ知らない。

◆

王太子のために紅茶を淹れることになったエステルは、別室でお湯を沸かしていた。

（おいしいお茶を淹れるには、新鮮なお水を沸騰させるのが大事……）

カフェでは鍋を使っているが、王宮で使われている茶器やケトルは高級なものだ。

使い慣れずに緊張してしまうものの、王太子に紅茶を淹れてほしいと言われたことを思い出すとうれしさを隠せない。

（子どもの頃、お菓子を作っても家族以外に食べてもらう機会がなかったのよね。それを思うと夢のようなお話だわ）

ルシアンは打ち合わせがあるということで席を外していた。

普段は応接室として使われていそうに豪華な部屋でひとり、茶葉をポットに入れていく。

（一さじ、二さじ……）

ふと、話し声が聞こえてエステルは手を止めた。

廊下で誰かが話しているらしい。

エステルがお茶を淹れるために立てる、とぽとぽという水の音と、開け放たれた窓から入り込む風でカーテンが揺れる布擦れの音。

静かな中に、その声は響く。

「アイヴィー様はどこだ？　せっかく厳重な警備をくぐり抜けて入り込んだってのに、落ちあえないんじゃ意味ないぜ」

「まぁそうカッカすんなよ。伯爵家のご令嬢で聖女だろ？　金払いはいいんだから」

（……この声！）

絶対に忘れることがないその声に、エステルは体を震わせた。

ポットが手からカートの上に滑り落ちて、割れることはなかったもののカシャンと音を立てる。

（この声……あの夜の……）

・――・――・――・――・

「──エステル嬢は中か！」

「──ああ。護衛をつけないなんてな。あの聖女──アイヴィーからの依頼は簡単だったな」
・──・──・──・──・

間違いない。

死に戻る直前、ひっくり返りかけた馬車の向こうで聞こえた声と同じだ。

その後、黒い夜霧が入り込んできて、自分は──。

震えが止まらない、と思ったところでエステルは急に我に返る。

（あれ？　『黒い夜霧』？　普通、夜霧って色がついていたかしら。もっと最近よく見たものに近い気がするのだけれど……）

一旦落ち着くと、招待客に扮して紛れ込んでいるらしい二人の会話がより鮮明に聞こえてくる。

「今日、この場でエステルを攫うように言われてんだよな」

（……ここで攫う？　私を⁉）

全く知らない展開に、エステルは青くなって口を両手で押さえる。

廊下の男たちは会話を続けた。

「聞いてないぜ。なんでこんな夜会で？　もっと目立たないタイミングを狙えばいいだろうに」

「いや、なんか傷物っていうレッテルを貼りたいらしいぜ。夜会の最中、婚約者でもない男と密会してたなんて噂が立ったら手遅れだろう？　アイヴィー様はそれを狙ってるらしい。あっさり殺したら記憶に残っていつまでも引きずられるけど、家の評判を落とした娘は許されず、嫌われて忘れられるだろう、って」

「ひえ。えげつねえな。アイヴィー様の性格の悪さには引くわ。正直、面倒な依頼ではあるよな。エステルは普段カフェやってんだろ？　そっちで攫えたら楽だったのにな」

「いや、そっちのがハードル高かったわ。前に行ってみたんだが、なんかやべえ結界が張られていて敷地に一歩も入れなかった」

『やべえ結界』。間違いなく、ルシアンが張ったものである。

「レモンタルトとケークサレがうまいって話だったんだが、食べるどころか一歩も入れずに終わった」

「やべえな、それは」

（…………）

どう考えても営業妨害だった結界が、本当にエステルの身を守っていたとは。

二人に対する怯えを感じつつ、ルシアンには感謝しかない。

「しかもさっき知ったんだが王子サマの婚約者で溺愛されてるぽいぞ？　あの冷酷な王子の婚約者を攫うって……。これ、俺らの働きに見合った報酬はもらえんのか？」

「……今から降りた方が良くね？」

話し声は少しずつ遠ざかっていく。おそらく、彼らは会場へと向かっているのだろう。

すぐに人がいる場所へと逃げたいが、今エステルが出ていったらアイヴィーの思う壺だ。ルシアンが戻るまではこの部屋に隠れて大人しくしていた方が良さそうだ。

（……とにかく、ルシアン様に相談してみよう。きっと力になってくれる。……でも、何と相談をすればいいの）

自分は死に戻って二度目の人生なんです、一度目で自分を殺した刺客が会場に紛れ込んでいます、なんて普通信じてもらえるはずがない。けれどエステルはあることに思い至る。

「闇魔法には死に戻りの禁呪があるわ。その存在を知っているルシアン様ならきっと信じてくれるんじゃないかしら……？」

死に戻りの禁呪とは、闇魔法の使い手だけに許される高度な魔法だ。けれど当然、強力な影響を持つ代わりに代償も発生する。

使用するといわゆる『呪い返し』があると言われているのだ。

エステルも自分が闇属性の魔力を持っていると知ってから、自分の死に戻りはこの禁呪が原因なのではと思い始めていた。

しかし、その呪文も使い方も知らないし、何より呪い返しにも襲われていない。

「呪い返し、というなら……むしろ本音を隠せないルシアン様のあの状況のほうがしっくりくる……」

しかし、あんな代償を払わされることがあってもいいのか。

いや絶対によくないし、そこまでセンスのない呪い返しはないだろう。

それに、甘い言葉を吐くだけ吐いてから顔を紫に染めるルシアンのことを思い返すと、同情しかなかった。

「まさかね」と自問自答し終えたエステルは、割れずに済んだ王城の高級な茶器を手に取ってしげしげと眺める。

透明なガラス製の茶器はどこも欠けていなくてほっとしたが、中に入っている紅茶はどす黒く変色していた。

「もしかして、これは……毒、というものになってしまったのかしら」

残念なことに心当たりは大いにある。お茶を淹れながら、さっきの刺客たちの会話を聞いてしまったのだ。

以前、カフェで淹れた紅茶がアイヴィーへの怒りで毒になったことを思えば、決してあり得なくはない。

全身の毛を逆立てて毒だと連呼していたクロードの姿を思い浮かべる。自分で舐めて確認してもいいが、解毒薬を作ってからの方がいいだろう。

「そうだわ、ミルクティーを淹れましょう」

カートに載っていた持ち運び用の小型コンロに鍋をのせ、ミルクを温める。それからシャルリエ伯爵家の厨房に伝わる歌を小声で口ずさんだ。

決して楽しい気分ではないが、今は声に出さないとまた毒になってしまう気がして、心配だった。

そうしているうちに、キイッと音がして部屋の扉が開く。

「――ずいぶん楽しそうにお茶を淹れるんだね」

「王太子殿下⁉」

入ってきたのは、さっきエステルにお茶を淹れるように頼んできた王太子である。

それはいい。問題は、彼が連れていた令嬢だった。

「……！　アイヴィー⁉」

「エステルお姉様、お元気ですか？　会場の中でお話がしたかったんですが、なかなか声をかけられなくて。会場を出られるのを見て、空き部屋を捜していたら王太子殿下が声をかけてくださったんです」

「……王太子殿下、ありがとうございます」

アイヴィーには答えず、エステルは王太子に向かい礼をした。

王太子が何かを口にする前に、アイヴィーは当然のように口を挟んでくる。

「私も王太子殿下に紅茶をお淹れしたいですわ。私も聖女ですので、私が淹れた紅茶を飲むと元気になると言われているのです。ね、いいでしょう、お姉様？」

「……そうなの？」

初耳すぎて緊張が解けた。エステルはアイヴィーがお茶を淹れているところなんて、生まれてこのかた見たことがない。

しかし、アイヴィーはエステルが最初に淹れた紅茶が入ったガラス製の茶器をちらりと見てから微笑んだ。

「……とにかく。二人は向こうのソファにお座りになっていて」

「……」

「エステル嬢。向こうで座ろうか。君を立たせて待たせたら、ルシアンに叱られそうだ」

王太子に促され、エステルはしぶしぶカートを離れる。

いつもこうなのだ。

アイヴィーはエステルだけが注目されることを好まない。エステルが褒められることがあると、何とかして上を行こうとする。

これまでは大体『光属性の魔力量に優れている』がアイヴィーの武器だった。けれど、今日だけは無駄に思えた。

ルシアンによると、光の魔力では外側から、闇の魔力では内側から力が働くらしい。

光属性の魔法しか使えないアイヴィーには、内側から浄化の力を発揮する特別なお茶を淹れることはできないだろう。

(私の味方になってくださるルシアン様が戻るまでは、話を合わせておいた方がいいわ……)

大人しく座ってから少しして、三つのティーカップが運ばれてきた。

見た目には普通の紅茶である。アイヴィーにお茶が淹れられたことにびっくりしつつ、エステルはカップを鼻先に運んでみる。

(色の割に……香りがしないわ)

しっかり色は出ているのに、茶葉の香りがほとんどしない。

「王太子殿下。私が」

お毒味を、と続けようとした。けれど、エステルの向かいに座る王太子は既にカップに口をつけていた。

「……⁉」

その瞬間、王太子の目がわずかに見開かれた。

そうして一口紅茶を飲んだ後、ルシアンによく似た双眸をアイヴィーに向ける。

「……シャルリエ伯爵家の光魔法を扱う聖女・アイヴィー。この紅茶を淹れたのは本当に君か？」

王太子の声色は、穏やかにもかかわらず詰問するような響きを纏っていた。

「はい。わたくしが腕によりをかけて淹れた、聖女の紅茶ですわ」

「そうか」

得意げなアイヴィーを一瞥してから、王太子は顔色ひとつ変えずに、控えていた側近に命じた。

「至急、解毒薬を」

「……⁉　御意！」

（えっ⁉　あ！　そうだわ、まさか……！）

側近が部屋から駆け出していく一方で、エステルはカートの前でぽかんとしているアイヴィーに走り寄る。

「アイヴィー！　もしかして、私が淹れた紅茶を王太子殿下にお出しした⁉」

「な、何を言っているのかわからないわ。私はそんなことをしていないもの。きちんと自分で淹れたのよ。お姉様、妙な言いがかりをつけないで！」

「でも」

さっき、エステルはどす黒い紅茶をカートの上に置きっぱなしにしていた。

きっとアイヴィーはそれをお湯で薄めて出したのだろう。

（空きポットがあったし、茶葉の音もしていたから思い至らなかったわ。すぐに解毒薬を……）

真っ青になって震え出したエステルに、王太子が穏やかに声をかけてくれた。さすがルシアンの兄、と言いたくなるような落ち着いた声色である。

「エステル嬢。そんなに焦らなくても大丈夫だ。ルシアンに聞いたことはないか？　私たちは毒に慣らされていると」

「ですが殿下、顔色が……」

そこまで話したところで、アイヴィーはやっと状況を理解したようだった。

「……毒⁉　この紅茶に毒が入っていたっていうの⁉　私知らないわ……ただ、この紅茶にお湯を足しただけよ」

「それが毒だったの。話は後にしましょう、殿下の解毒が先だわ」

いとも簡単に主張を変えたアイヴィーへ短く告げ、エステルは淹れてあったミルクティーをカップに注ぐ。すっかり冷めているが、解毒薬としては問題がないだろう。

エステルは王太子の前に膝をつきカップを差し出す。

「王太子殿下。私にはルシアン殿下と同じように闇属性の魔力が備わっています。これはそれを利用して作った解毒薬になるミルクティーです。同じカップで申し訳ございませんが、私が毒見を」

「それはダメだ」

ルシアンの声がして、エステルは入口を振り返る。

扉のところに、黒猫姿のクロードを伴ったルシアンがいた。表情は極めて不機嫌そうである。何がダメなのかは瞬時に把握したが、違う今はそんな場合ではない。

「あの、ルシアン様。今、本当にそういう場合では」

「わかってる。わかってるけど、止まらない」

「え」

ふざけている場合ではないというのに、何ということだろう。

「兄上とはいえ同じカップはダメだろう。うらやましいから毒見なら俺がする」

「それではその毒見が必要です」

「「…………。」」

「……もしかして、それはエステルが？」

「はい、私が」

「同じカップで」

「もちろんです」

「それは悪くな……、」

慌てて何か言葉を飲み込んだらしいルシアンの顔色が紫色に染まっていく。どうやら聞かせたくない言葉だったようだ。

「オマエ気持ち悪すぎ……」

「わ……かってる……だからもう喋りたく……ない……」

クロードのストレートすぎる一言が効いたらしいルシアンは、こめかみと喉元を押さえて固まった。みるみるうちにさらに顔色が悪くなっていく。

どうやら、これ以上の醜態をさらすぐらいなら死んだ方がましらしい。

「⁉　ルシアン様⁉　大丈夫ですか⁉」

二人と一匹のやりとりを見守っていた王太子はふっと笑う。

「婚約者と同じカップを使いたい普段はクールな弟と、それを聞き流せる令嬢、か。完全に意味不明なものを見せてもらったが、今日のところは毒見は不要だ」

そのまま機敏な動きでエステルの手からカップを取り上げると、そのままミルクティーをごくごくと飲んだ。

額からは一瞬で脂汗が引き、いつもの顔色に戻る。

そして感心したように呟いた。

「これはすごいな。王都のエステル嬢のカフェがあるエリアで瘴気の発生が減っているというのは本当のようだ」

「王太子殿下、お加減はいかがでしょうか。すぐに医師をお呼びします」

そう告げて立ち上がったエステルの手をルシアンが掴んだ。

「エステル、見ての通り兄上は完全に回復してるよ。それよりも、まずはこっちを始末しないとな。……さて、アイヴィー嬢。言い訳があれば聞くが？」

「わ、私のせいじゃないですわ！　私はただ……エステルお姉様が準備した紅茶を注いだ……ただそれだけで」

（まぁ……確かに、アイヴィーは本当のことしか言っていない……）

けれど同情はしない。

エステルはついさっき、死に戻り前に自分を殺したであろう男二人の会話を聞いてしまった。元を辿れば、毒ができてしまったのはアイヴィーが原因とも言える。

真っ青になって慌てて出したアイヴィーだったが、この部屋の王族二人は冷静だった。

「ルシアン？　お前は彼女が私に毒を盛ったことに関わる事情を知っているのか？」

「はい。おそらく、突発的で偶然に近いものでしょう」

「それなのに〝言い訳があれば聞く〟とはどういうことだ？」

「今にわかります」

（ルシアン様は一体何の話をしておいでなのかしら）

エステルでさえ意味がわからない。けれど、ルシアンは鋭い視線をアイヴィーに向けた。

「アイヴィー嬢。君に招待状を手配してから、動きを調べさせてもらった」

「う、動き？　何のことかわかりませんわ」

「君は良からぬ者との付き合いがあるようだ。それ自体は好きにすればいい。しかし、あの不届き者二人がすんなりとこの会場に入れるなんておかしいと思わなかったのか？」

「！」

「当然、罠だ。そして俺の優秀な側近が二人を捕まえてくれた」

ルシアンがそう言うと、一人でソファの上に移動して寝そべっていた黒猫姿のクロードがあーんと口を開ける。

そこから黒いもやが広がり人影が現れた。

「キャッ⁉」

アイヴィーの悲鳴の後でもやが消える。

（……この人たち⁉）

そこで気を失っていたのは、正装を身につけて招待客に扮した柄の悪い二人の男だった。

驚きを隠せないエステルを前に、クロードが誇らしげに胸を張る。

「さっき見つけたから腹ん中入れといた」

（⁉　つまりこれって、さっき廊下で私を攫うと話していた人たち……⁉）

クロードは会場の外で待機していたわけではなく、今日ここに彼らが来ると踏んでいたルシアンの指示で二人を探していたらしい。

ルシアンはアイヴィーを冷ややかに見つめる。

「少し脅したら、簡単に吐いてくれたよ。アイヴィー嬢にエステルを攫うよう頼まれたとね」

「わ、私は何も知らないですわ！」

「アイヴィー嬢のサイン入りの小切手を持っていた。報酬か？」

「！　そ、それは……！」

アイヴィーの反応で、疑いは確信に変わる。

（この二人が……一度目の人生で私を殺した人）

二人の姿を見る前に意識を失ってしまったので、エステルにはこの男たちに見覚えはない。

けれど、凍りつくほどに冷たいルシアンの声色に、怒りを向けられていないはずのエステルまで体が動かない。

「――今日、アイヴィー嬢とシャルリエ伯爵夫妻をこのパーティーの招待客リストに入れてもらったのは、エステルは王家の庇護下にあることをわからせたかったからだ。……だが。思わぬ収穫があって何よりだ」

（つまり、今回の人生でアイヴィーも王太子殿下のお誕生日パーティーに呼ばれたのは、ルシアン様が一枚噛んでいたということなのね……『この国の聖女を消す』ために）

ルシアンはどこまでも自分を一番に扱ってくれるらしい。

そんな優しさを、かつての自分が知らなかったことが、エステルは切なくて申し訳なかった。

エステルを攫うように依頼を受けていた二人は衛兵に引き取られ、一応は聖女であるアイヴィーは立場を考慮し別室で事情を聞かれることになった。

部屋に残ったのはルシアン、エステル、王太子、クロードの四人。

そこで、ルシアンは兄である王太子に向け切り出した。

「……兄上。これは仮説ではありますが、エステルはこれまでにない方法で瘴気を消す『新しい聖女』になれるのではと考えています」

「なるほど、いわゆる内側からの浄化か。規模を考えるとまだ現実的ではないが、まずは騎士団や王宮薬師たちの間で試してみたいものだな」

「はい。それだけでなく定期的に水源を浄化するという考えもあります」

「それが手っ取り早いな。瘴気の発生に先回りできるうえに労力も少なく済む」

（……お二人は何の話をしていらっしゃるの？）

初めは何のことを言っているのか理解できなかったエステルだが、だんだんとわかってきた。

エステルが作るお茶やお菓子に一定の効果があることを認めてくれているのだろう。

「もしかして……そのお話は私が作ったお菓子や紅茶を食べてもらえる機会が増えるということでしょうか？」

エステルの問いにルシアンが応じる。

「ああ。エステルは本当に『顔だけ』なんかじゃない。類まれな才能を持ち闇魔法で浄化を行える特別な聖女になれるはずだ。俺が保証する」

「私が……!?」

まさか、と声を上げれば、会話を聞いていたクロードが呆れたように呟く。

「つまりオレが宣伝した通り、闇聖女でいいじゃん」

全然よくない、と言いたいところだったが、エステルはさっき夜会の会場で令嬢たちに褒められたことを思い出す。

その宣伝文句のおかげでみんなが自分のカフェに来てお菓子を食べていってくれるのなら、何よりもうれしいことだった。

（この使い魔は生意気なことも言うけれど……〝闇聖女〟、ちょっと悪くないかもしれない……）

死に戻りの人生でエステルが『聖女』の地位をあっさりアイヴィーに譲って逃げたのは、殺されたくなかったからだ。

聖女の仕事は嫌いではないし、むしろやりがいを感じていた。アイヴィーが捕まったのならば、以前のように聖女としての仕事をこなすことに抵抗はない。

カフェと両立させてもらえるならよろこんで闇聖女になる――そう思っていたところで、ルシアンが手を差し出してきた。

まるで、今日初めてエスコートを申し入れるかのように恭しく。

「エステル。少し話をしないか」

「はい、もちろんですわ」

（……？　何かしら）

首を傾げつつ、エステルはついていくことにした。

第九章

闇魔法と二人の真実

Chapter 9

「ここ……！」

ルシアンが案内してくれたのは、大広間を抜けた先にあるバルコニーだった。ベンチが置かれた先には庭園が広がっていて、密会にぴったりの場所である。

そして、死に戻り前のエステルが慣れないお酒を飲んで気を失った場所でもあった。

奇しくも、エステルの手にはシャンパングラスが握られている。

けれど中身はジュースだ。

ここに来る途中でウェイターが渡してくれたのだが、一旦はシャンパンを手渡されたところを、ルシアンがこれに替えてくれた。

今回は泥酔して気を失わずに済みそうである。

(私がお酒に慣れていないとわかってくださっているなんて……不思議)

グラスの中でジュースがキラキラと揺れるのを楽しんでから、エステルは庭の景色を眺める。

一方、隣のルシアンはずいぶんと上機嫌だった。

さっきの厳しい表情が嘘のように、優しい笑みを向けてくれている。

追い払われたのかクロードはいない。もしいたら『オマエ気持ち悪い』と言いそうな頬の緩みっぷりである。

「ルシアン様は何がそんなに楽しいのですか？」

「ただ、安心しただけだよ。そして、エステルとここにこうしていられることが夢のようだ」

「……」

ルシアンは相変わらず甘い言葉を吐いてくるが、不自然さはない。

きっと呪いにかかっていなかったとしても、彼はここでこの言葉を告げてくるのだろう。

そう思うと、一度は閉じたはずの気持ちの蓋が開きかける。本当に育ててはだめなものかと確かめたくなる。

エステルは、ずっと抱えてきた問いを投げかけた。

「もしかして、ルシアン様のその〝私に嘘がつけない〟という呪いは呪い返しですか？」

「そのようなものかな。でも、エステルには知らなくてもいいこともあるんだ。その代わりに君は俺が守る。絶対に」

（私が知らなくてもいいこと、って……）

ルシアンの瞳に真剣な輝きが宿ったのを見て、エステルはふと思い出す。

死に戻り前、馬車の扉の隙間から入り込んできた夜霧のことを。

（……ん？　あれはもしかして、黒いもやだったのでは……!?）

答えがふっと降りてきた。

そうすると、全ての辻褄が合う気がした。

「……ルシアン様は、私のために禁呪をお使いになったことはありますか」

「!?」

努めて平静を装って問いかけると、ルシアンは青みを帯びた双眸を見開く。

形のよい唇から答えが紡がれることはない。

けれど、みるみるうちに顔色が紫になっていく。

――それが答えだった。

「私は、一度死んだことがあります。それは、アイヴィーの言い付けで辺境の地に向かう道中のことでした。馬車が刺客に襲われたのです。死ぬ直前の刺客たちの会話から推測すると、アイヴィーの差し金だったのだと思います」

確信を持ったエステルが告げると、ルシアンは頭を抱える。

「……待ってくれ」

「はい」

「つまり、エステルも死に戻っていると？」

「はい、どうやらそうですね」

「嘘だろう？　では記憶がある？　死んだときのことだけでなく、この一年間も」

「ええ……その通りです」

当然です、と頷くとルシアンは目を丸くしたまま耳まで赤くなった。紫色よりはいいのかもしれないが、具合が悪そうなことに変わりはない。

「俺が……君に冷たかったことも覚えている？」

「死に戻り前の一年間だけではなくずっとでしたので、あまり気になってはいません。それに、冷たいというよりは政略結婚の相手への模範的な対応、という感じでしょうか。何の好意も感じていなかったので、死に戻ってとても驚きました」

エステルの答えにルシアンは両手で顔を覆う。

そして指の隙間から弁解が漏れ聞こえた。

「違う。逆だ。俺は本当にエステルのことが好きすぎたんだ……好きすぎて、君を前にするとどうしたらいいかわからなくて」

それは、これまでに聞かされた本音の中で最も核心に迫るものだった。

かわいいも愛おしいも抱きしめたいもないのに、小声で告げられた包み隠さないルシアンの気持ちにエステルまで赤くなる。

「は、恥ずかしすぎて真面目な話ができなくなるので、どうかあの」

「……ごめん。でも無理だからほんと聞き流して……」

「!? むっ……無理なこともあります！」

会話の雲行きが怪しすぎるものの、エステルはそのままルシアンにあの夜のことを聞くことにした。


（――胸騒ぎがする。頼む、間に合ってくれ）

エステルがアイヴィーの差し金で辺境の地へ向かわされた日、知らせを受けたルシアンはすぐに馬に乗り後を追った。

闇魔法で馬に強化魔法をかけたルシアンに護衛たちはついて来られない。普段はあまり表に出すことがない使い魔のクロードだけが一緒だった。

(俺は彼女との婚約解消には絶対に応じない。シャルリエ伯爵家はどうかしている！　まずはエステルと話したい。話はそれからだ)

嵐の中、馬を飛ばしながらそこまで考えたところで、嫌な気配を感じた。

(これは攻撃魔法だ)

類まれな闇魔法の使い手であるルシアンはすぐに察知し、魔力の気配が濃い方へと向かう。

その場所へ近づくにつれ、漂ってきたのは血の匂い。

すぐに闇魔法を展開できるよう、黒いもやで辺り一帯を包み込んだルシアンの目に飛び込んできたのは、横転した馬車だった。

扉にシャルリエ伯爵家の紋章が刻まれているのを確認した瞬間、頭に血が上る。

「エステル嬢！」

馬車に向かって叫ぶと、数人の男たちが馬に乗って逃げていくのが見えた。ルシアンは怒りのままに闇魔法を発動させる。

《体の自由を奪い縛り上げろ》

「うわあああ」

「なんだこれは⁉　体が冷たくなっていくぞ⁉」

「動けな……い、助けてくれ！」

男たちは馬ごと中に浮かび、黒いもやで縛られている。

彼らを縛っているのは呪いの性質を持つ闇魔法。ただ体の自由を奪うだけでなく、急速に命を縮めるものだ。普段のルシアンはこんな危険な魔法を滅多に使わないが、今日は怒りをコントロールできなかった。

彼らには視線をくれることなく、ルシアンは馬車に駆け寄る。中にはエステルが倒れていた。息をしていない。

「エステル……」

震える声で名前を呼ぶと、偶然そのタイミングで空中で縛られている男たちの手からナイフがポトリと落ちた。それが目に入った瞬間、怒りが増幅していく。

感情をコントロールできなくなって立ち尽くすルシアンに、クロードがとぼけた様子で聞いてくる。

「どうする？　コイツら、王城に連れて帰るんだろ？　オレのお腹の中に入れといていい？」

「……せ」

「え？　なんだって」

「違う、殺せ」

言葉にした途端、黒いもやの渦が一気に広がった。暴走したルシアンの魔力は止まらず、あっという間に真ん中にいたルシアン自身を飲み込む。

その中で、ルシアンは絶対に使うことがないだろうと思っていた『死に戻りの禁呪』の呪文を

唱えた。

最後に、短剣で自分の胸を突く。

怖くはなかった。

エステルを失った悲しみと怒りに比べれば、どんなこともちっぽけに思えた。

◆

「……そういうことだったのですね」

あの夜ルシアンの身に起きた話を聞いたエステルは、神妙に頷いた。

（馬車の隙間から入り込んできた黒いもやは、きっとルシアン様が近くに来て魔法を使おうとしていたからなのだわ）

自分が知らなかったルシアンの一面。

あのとき、馬車の中で絶望していた自分を助けにきてくれていたなんて。それを想うだけでいてもたってもいられなくなってくる。

家族にすら大切にされてこなかったエステルにとって、ルシアンの気持ちは何よりもうれしくあたたかく、大事にしたいものだった。ただ、問題が一つ。

（私は彼の気持ちに応えてもいいのかしら。だって、私には何もないわ）

自分はシャルリエ伯爵家を出たのだ。仮に今回の件でアイヴィーが家を去ることになったとしても、家に戻ることはないだろう。両親への不信感はそれだけ根深い。

いくらルシアン自身が問題ないと言っても、さすがにそういうわけにはいかないのではないか。これまでの人生、エステルは王子殿下の婚約者としていろいろなものを学んできたのだ。

エステルの戸惑いに気がつくことなく、ルシアンは続ける。

「一緒に死に戻ったのは、エステルの闇属性の魔力が禁呪に反応した、ということだろうな」

「それは理解できるのですが、私には呪い返しがありません」

「確かに……いや、わかった。紅茶だ。不安定な状態で淹れるお茶が毒になるだろう？」

ルシアンの言葉が腑に落ちたエステルは、大きく頷いた。

「あ！　死に戻り前はそんなことはありませんでした！」

「……しかし俺とレベルが違いすぎないか？　もしかしてこれは気持ちの差もあるのか……」

「……」

バルコニーにびゅんと強風が吹く。

ルシアンはこのうえなく気まずそうに続けた。

「過去の歴史を見ても、死に戻りの魔法を使った闇属性魔法使いは少ない。だから『呪い返し』については記録が残っていないんだが……まさかこんなふざけたものだとはな」

常に本音を晒すことになってしまったルシアンには申し訳ないところだが、エステルはくすくすと笑う。

「……でも、そのおかげでこうして仲良くなれました」

「ああ。俺も、こんな風に君に気持ちが言えるなんて思ってもみなかった。かわいいも抱きしめたいも好きだも天使だも愛おしいもたまらないも妖精の再来も全部、余すことなく本音だ」

「聞いたことがない本音もある気がしますけれど⁉」

「俺がどんな言葉を伝えたのかきちんと覚えてくれている君も好きだ」

「だって、ルシアン様が死に戻り前と全然違うんですもの！　仕方がないと思います！」

思わず顔を赤くして声を張り上げたエステルに向け、ルシアンは申し訳なさそうにしつつも、いつも通り本音を垂れ流す。

「……俺はもっと早く変わるべきだったと思う。王族ぶってクールに振る舞うことなんかしないで、自分の心の赴くままエステルを心から愛していると常に伝えていればよかったんだ。そうしていれば、あんなことには」

「…………」

常に伝えられたら完全に空気を読めないバカップルだし、冷徹で完璧な王子様というルシアンのイメージは崩れ去ってしまう。本当に彼はそれでいいのだろうか。

（……ルシアン様がこんなお方だったなんて）

死に戻ってから、エステルがこう思ったのは一体何度目だろうか。

隣に座ったルシアンから真実と本音を告げられて、エステルが一度閉じた気持ちの蓋が開いていく。

さっきは気にしていたが、身分の違いなど、今のエステルにとっては一歩踏み出してしまえばちっぽけなものなのかもしれない。

エステルに刺客を差し向けるアイヴィーは捕えられたし、エステル自身、新たな浄化を行える聖女として地位を得ることになりそうなのだから。

それでいてルシアンがエステルを好きでいてくれるのなら、どんなことも障害にはならない気がした。

そう思ったエステルの視界に映るのはシャンパングラスだった。ちなみに、お酒絡みには苦い思い出がある。

「……今日、グラスに入っているのはお酒ではありませんね。わざわざ取り替えるように言ってくださったところを見ると、死に戻り前の私はこの後酔って大変なご迷惑をおかけしたようです。その節は、本当にご迷惑をおかけしました」

「……いや。俺はとても楽しかったんだ。だから、今日もこうして無理を言って夜会に招待した」

気遣いの手紙しか記憶にないエステルは、目を瞬いた。

「私は……何となく楽しかった感じは残っているのですが。記憶自体は全然で」

「初恋の話をした」

「え?」

「君の子どもの頃の話を聞いて、俺は初恋の話をした」

「はつこいのはなし?」

ルシアンの言葉を噛みしめてみたものの、全く意味がわからない。

(そういえば、ルシアン様は〝初めて会った時から君が好きすぎる〟と仰っていたわ)

酔っ払った自分が、彼とそんなに甘酸っぱい話をしていたなんて。

自意識過剰かもしれないが、一応確認しておいた方が良さそうである。

「それは……もしかして私の話だったりします？」

「ああ。母に連れられて嫌々参加した茶会で、庭の端に天使のようなとびきり可愛い女の子が現れた。彼女は俺にとびきりおいしいケークサレをくれて、とびきり眩しい笑顔で励ましてくれた。俺は一瞬で恋に落ちた。当然、相手はエステル、君だ」

「⁉　それ、本当に私でしょうか⁉」

口をぱくぱくとさせるエステルを見て、ルシアンは不満げな表情を浮かべる。

「本当に覚えてないの？　おかしいな」

「も、もちろんそのときの記憶はありますけれど、私の認識と大きな違いがあるような……⁉

というか、その思い出、美化されすぎでは⁉」

「前の夜会での君は、お酒のせいか頬を染めて甘ったるい口調で自分から話してくれたんだ。食べてしまいたいほどにかわいかったんだが」

「たべてしまいたい」

うっかり復唱してしまったことに気がついても後の祭りである。

「「…………」」

気まずい沈黙の後。

「今、俺は何を言った?」

「な、何も!　私は何も聞いていないです……!」

小さな子どもに対して『食べてしまいたいぐらいかわいい』と表現するのはなんらおかしいことではないが、年頃の女性に対して言うとなるとまた意味は違ってくる。

聞かなかったことにするのが、お互いのためだった。

それは、ルシアンへの気持ちを認めつつあるエステルにはあまりにも甘い響き。まるで褒められ口説かれているのが自分ではないみたいにふわふわとしてしまう。

こほん、と咳払いをしてからルシアンは告げてくる。

「エステル。先ほどシャルリエ伯爵夫妻にも話したが、俺は君が好きだから婚約者に選んだ。君を悪く言う声は聞こえた側から消してきたし、今後も口出しはさせないつもりだ。俺には、それだけの力がある」

ルシアンのいう『力』とは王族という地位のことだけではなく、闇属性魔法の使い手としての意味も含まれているのだろう。

(死に戻り前の人生で、ずっと私がルシアン様の婚約者でいられたのはそれが理由なんだわ……)

そっけないと思っていたルシアンだったが、実はいろいろなものから守ってくれていたらしい。

気づかずにお礼のひとつも言わずにいた自分が情けなかった。そんなことを考えていると、ふいに手を取られて鼓動が跳ね上がる。

ルシアンは自然な仕草でエステルの指先に優しく手を添えるとそのまま口づけた。

「!?」

驚きに目を見開き耳まで真っ赤に染まったエステルを、ミステリアスな翳りを帯びた青い瞳が見つめてくる。

「エステル。今から俺が君に話すことは、間違いなく本音だ。でも、この場でついうっかり思い浮かんだことなどではない。ずっと考えてきたことだ。だから、俺は照れることはないしエステルも真剣に聞いてほしい」

「……はい」

どんな言葉が紡がれるのかはすぐにわかった。

覚悟を決め鼓動が高まっていくエステルに、予想通りの言葉が告げられる。

「エステル、私と結婚してほしい。今すぐじゃなくてもいい。どうか、婚約を解消するなんて言わないでほしい」

低く響く、真剣な声色。それでいて縋るようなせつなさを纏っていて、エステルは何の言葉も返せない。

包み隠さずにいうと、ルシアンのことは好きだ。加えて、自分が障害になると思い込んでいたものも全部なくなった。

それらは全部ルシアンが取り去ってくれたのだ。それを思えば、彼からの求婚に頷かないなんてありえないだろう。

しかし、死に戻ったエステルはもう新たな人生を歩み始めている。それらを捨てて王族に嫁ぎ貴族社会に戻り、以前のように誰かに運命を握られて生きていくのか。

ルシアンと一緒ならそれなりに楽しくはあるだろう。けれど。

(私は……)

「……あの、私はカフェを」

「かふぇ」

今度、復唱するのはルシアンの番だった。

(ルシアン様は本音でお話しくださっている。お返事を適当にごまかしたら失礼だわ)

誠実さに応えるため、今考えたことをきちんと伝えなくてはいけない。

「私はせっかく闇聖女として認めていただけましたので、この国を豊かにするカフェを頑張りたいというのが本音で」

「どういうこと。普通、今の流れだとすんなり受け入れてくれるところじゃないか?」

ルシアンは、いつもと違う方向で本音がだだ漏れているようである。

けれど、エステルもここでやめるわけにはいかない。

「私もルシアン様をお慕いしています。ですから、気持ちでは問題ないのですが、王子様と結婚してお茶会を主催する人生よりは、カフェを営んでいろんな方々に私が作ったお菓子を食べていただきたいな、と」

自分でもありえない返答だというのはわかっている。

しかし、一度自分の足で生きていく喜びを知ってしまったエステルには、以前のような暮らしを楽しむ自分が全く想像できないのだ。

たとえそれが、大好きなルシアンと一緒だったとしても。

エステルにとっては覚悟がいる言葉だったが、ルシアンはあっさり受け止めたようである。

「わかった。その方向で全然問題ない。エステルは俺の妻になりつつ、カフェも経営する。王家お墨付きのカフェで聖女が経営するカフェだ。あっという間に繁盛するし、俺はエステルを生涯愛し続ける。俺にとっても理想通りの人生で何の問題もない」

「!?　そんなものでいいのでしょうか!?　王子殿下の配偶者ですけれど!?」

それに王家お墨付きとまで聞いていない。久しぶりのおかしな本音にエステルが目を瞬けば、ルシアンはエステルの指先を握る力を強める。

「さすがに王位継承権は回ってこないだろう。それにさっきも伝えた。俺はわがままを押し通せるだけの力があると」

「……」

ルシアンとの結婚が急に現実味を帯び、鼓動が速くなっていく。

「エステル。さっきのをもう一度言ってもらえるか」

「え？」

「お慕いしています、と。……いや、魔法道具で録音したいな。すぐに持って来させるから待って……って今のは聞かせたくないやつ……いや、お慕いしている、は聞きたいけど録音は知られたくなかったたって何を言っているんだ俺は？」

「⁉」

驚きつついつも通りの展開に安心していると、手を握っているのとは反対側の手がエステルの頬を包み込んだ。

目の前にルシアンの顔があって、すっかり油断していたエステルは息を呑む。

「エステル、求婚への返事がほしい」

「あの」

「エステル、はいって言って」

まるで子どものような口調で急かされれば、エステルももう素直に告げるしかなかった。

「……はい」

その瞬間、ルシアンの表情がこれ以上なく緩み、同時にエステルが手にしているシャンパングラスがスマートに奪われてサイドテーブルに置かれた。そのままぎゅっと抱きしめられる。

「うれしい。死んでよかった」

温もりに包まれ。二人分の鼓動が大きく響く。

ルシアンの本音を聞くことには慣れてきたが、抱きしめられたのはまだ二回目だ。初めて抱きしめられ、数日間悶々とした記憶まで蘇ったエステルは、ドキドキして死にそうである。

「あの……心の準備が……あまりに突然のことなので、少し待っていただけると」

だって、今日ここにくるまでエステルは一人で生きていくつもりだったのだ。急にルシアンの気持ちを受け入れてもいい、と言われても気持ちの整理がつかない。

しかしルシアンの気持ちは真逆のようだった。鼻がくっつきそうな距離に彼の顔が近づく。鮮明な息遣いに言葉が紡げない。

「俺はずっと伝えてきたつもりだ。あと何秒待てばいい？」

「なんびょう」

エステルが復唱しかけたところで、わずかに唇が重なって離れた。

軽く触れ合うだけのキスだったが、ルシアンの表情はひどく真剣である。

まっすぐに見つめられて、呼吸をするのも忘れてしまいそうだ。

「エステル……かわいすぎて本当にたまら、」

とまで言いかけたところで、ルシアンの顔色が紫になる。また本音を我慢したらしい。

「!?　ルシアン様？　大丈夫ですか……！」

「……ああ……問題な、い……」

そこに、夜会の会場から様子を見にきたらしいクロードがゲラゲラと笑うのが聞こえた。

「こんなことだろうと思った。まじ面白い」

エピローグ

王都の外れ、白いレンガが目立つ、かわいいカフェ。

開店を待つ朝の空気の中で、エステルはケークサレを焼いていた。オーブンに予熱の火を入れてから、シャルリエ伯爵家の厨房で教わった歌を口ずさむ。

この歌にはルシアンのアドバイスで作った別バージョンもある。

けれどそれはより効果を上げたいときに歌うもので、発音が難しいためエステルはあまり好きではない。

だから今日は通常版だ。

今日のケークサレの具材はそら豆とアスパラ。中には刻んだハムも入っていて、しっかりとした味付けが常連客に人気のメニューだった。

「うまそうだにゃ。焼けたらくれるか」

「ええ、もちろんあげるわ。でも人間の姿で食べてね」

クロードにいつも通りの注意事項を伝えながら、エステルは蒸らし終えた紅茶を三つのカップに注いだ。

黄金色のお茶からはベルガモットの爽やかな香りが立ち上っていく。

ひとつはクロードの分、ひとつはエステルの分、そしてもうひとつは。

「この前、古い文献で見つけたんだが……シャルリエ伯爵家には過去にも闇属性の魔力を持った人間が生まれたことがあったようだ。ただ、その人間の名前は伏せられていた。偉大な王都の広場前にある、偉大な聖女像の聖女と同じ時期に存在したらしい」

ルシアンはそう言いながら、カップを受け取り口に運ぶ。

「あ、おいしい」とすぐに伝えてくれる彼に、エステルは微笑んだ。

「だから、厨房の歌が闇属性呪文をベースにしたものなのですね。きっと、偉大な聖女様が歴史に名を残したのは、その人が作った料理による助けがあったから……」

その『闇属性魔法の使い手』がどんな人生を歩んだのかはわからない。

けれど、そのおかげでエステルは本当の力に気づくことができ、今はこうしてカフェを営めている。

人間の姿で紅茶を啜っていたクロードが聞いてくる。

「そういや、呪文さえ知っていれば、理論的には闇聖女にも死に戻りの禁呪使えんのか？」

「まぁそれはそうだな。だが、自殺するようなものだからな。……エステルには絶対に使わせないよ」

穏やかながらもきっぱりとした口調のルシアンに、エステルはその重みを悟った。

（そっか……ルシアン様は一度自分で死んだのよね。私のために）

エステルとルシアンは形式上の婚約者から恋人同士になった。

けれど、二人の関係は変わらない。

ルシアンが本音が甘くなりすぎるのを堪え、顔を紫に染めるところまで同じである。

一応二人は婚約者同士ではあるけれど、当分エステルはこのカフェの経営を楽しむことに決めている。ルシアンもそれで構わないと言ってくれた。

ところで、義妹・アイヴィーは第二王子の婚約者誘拐未遂を罪に問われ、シャルリエ伯爵家を去った。

罪を償ったあとは王都から遠く離れた地の生家が身元を引き受けるらしい。お金もないので、誰かを雇って悪さをする、などということは絶対に無理だろう。

（あのバイタリティに光属性の魔力だもの。アイヴィーはどこでも生きていけそうだわ……）

ちなみに、シャルリエ伯爵家からは改めて戻ってきてほしいと便りがあった。

けれどエステルはにべもなく断ったところである。

いつかは許せる日が来るかもしれないけれど、当面は塩対応を貫きたい。

回想を終えたエステルはルシアンに向き直った。

「いいですか。ルシアン様」

「ん？」

「どうか、もう死なないでくださいね。……今度は一緒に戻れると限らないもの」

ルシアンは目を丸くした後、両手で顔を覆う。エステルの言葉があまりにも不意打ちかつツボに嵌まったらしい。

「もう一度言ってくれるか……」

「？　私を一人にして死なないでくださ、」

「いややっぱり言わなくていい。聞いたらきっと俺は幸せすぎて死ぬ」

「……!?」

「死ぬなって言われた側から死ぬなよ」

呆れ顔のクロードのツッコミが店内に響く。


紅茶の香りと、ケークサレが焼ける甘く香ばしい匂い。

さっきルシアンによって張り直されたばかりの「エステルに敵意を持つ人間と好意を持つ男を弾く闇魔法の結界」の側でカフェが開くのを待つ、ユーグたちの笑い声。

エステルのカフェは、まもなく今日も開店する。

書き下ろし番外編

王子様カフェ

Newly written
extra

王都のはずれにある、真っ白な外観がかわいいカフェ。

そのカフェの主人は『闇属性魔法の使い手であり聖女』のエステルだということは、王都に住むほとんどの人間が知っている。

ということで、エステルのカフェは毎日大賑わいだった。

キッチンカウンターの中から、エステルは人間の姿に変身してカフェを手伝ってくれているクロードに声をかける。

「クロード！　このケークサレと紅茶、三番テーブルにお願い。終わったら、四番テーブルの片付けと、外でお待ちのお客様の案内をお願いね」

「へいへい。闇聖女様は人づかいが荒いにゃ」

「ごめんね。終わったら残りのケーキでおやつにしましょう？」

かわいくない憎まれ口を叩かれてもエステルが言い返すことはない。

今日は休日。

まさに『猫の手も借りたいほど忙しい』とはこのことである。

手伝ってくれるだけでありがたいのだ。

（平日は朝とランチタイムだけ忙しいのだけれど、休日ともなるとずっとこんな感じなのよね）

慌ただしくクロードにトレーを渡し終えたエステルは、鍋に牛乳と紅茶の葉を入れて煮出す。

それにスパイスをひと匙加えてかき混ぜたあと、コンロの火を止めた。

カップを三つ並べて茶漉しをセットし、できたてのミルクティーを注いでいく。

スパイス独特の香りとほんのり漂う甘い匂いに、カウンター席でじっとエステルの手元を眺めていた女子二人組が楽しそうに声を上げた。

「わぁ。これが噂の聖女エステル様のミルクティーですか！　美容にいいって聞いて、わざわざ王都まで飲みにきたんです」

「スパイスの不思議な匂いがするわ！　私の友人はここでミルクティーを飲んで彼氏ができたみたいで、今日を楽しみにしていたんです」

「……ありがとうございます」

微笑んでお礼を言ったものの、ちょっと心当たりがない。

（そんなはずはないのだけれど……）

エステルが歌いながら作るお菓子や飲み物には、不思議な浄化の力が宿る。

内部からの浄化が美容に効果ありというのはわからなくもないが、ミルクティーのおかげで彼氏ができたというのは、どう考えても彼女たちの勘違いだった。

（こうしてカフェが繁盛するのはありがたいことだけれど、なんだか皆さまを騙している気分だわ……）

遠い目をしていたエステルだったが、クロードが新しく案内した客から注文を取ってきたのを見て、ハッと我に返る。

（早く次のオーダーを作らなきゃ）

次のオーダーはキッシュとカフェラテだった。

それを見てエステルは固まる。

（カフェラテ……）

このカフェをはじめたばかりの頃、飲み物は紅茶系のメニューしかなかった。

しかし、ある人物が入り浸ることになった結果、コーヒー系のドリンクが充実しているし、人気メニューにもなった。

その人物とは。

「カフェラテのオーダーか？　仕上げは俺がやる」

背後から、手にしていたオーダーが書かれた紙をひらりと奪われた。

「ルシアン様、いつの間に！」

「休日の昼食会が早く終わったから手伝いにきた。エステルは今日もいつも通りとんでもなくかわいいな。顔だけじゃない、エステルという存在が愛くるしい」

「!?」

よりによって真顔だった。

破壊力がすごい。

エステルの頬が熱を持ったのと同時に、カウンターに座っている女子二人組が顔を真っ赤にしてがちゃりとカップを手から落とした気配がする。

それを見ていたホール担当のクロードが慣れた様子でナプキンを差し出すが、二人の目はエステルとルシアンに釘付けになって離れない。

（こんな忙しいときに、お客様の前で本音をだだ漏らすのは本当にやめてほしいわ⁉）

実は、このカフェでカフェラテを人気メニューに押し上げたのはルシアンだ。

エステルの顔が見たい、とにかくそばにいたい、と公務の合間を見てはこのカフェに入り浸っていたルシアンは、いつのまにかカフェラテの淹れ方を覚えてしまったのだ。

（紅茶が苦手な人にも浄化魔法が行き渡りやすいように、ってコーヒーを提案してくれたのはいいのだけど……！）

今この瞬間、エステルのカフェの九割は女性客で埋め尽くされている。

その原因が『第二王子ルシアンが淹れてくれるラテアート』。

休日にカフェを訪れれば、美麗な第二王子ルシアンが自分のためだけにカフェラテにアートをしてくれると評判になった結果、こんなに混雑しているのだ。

さすが切れ者の第二王子である。

カフェを繁盛させるために使えるものは自分でさえも使うらしい。

（平日のお客様はご近所の方が多いのだけれど、休日となるとルシアン様のラテアートを目当てに王都や他の街からたくさんの人が訪れるのよね。ありがたいことなのだけれど！）

そんなことを考えながら、エステルは隣でカフェラテを淹れるルシアンの手元を覗き込む。

エステルが作ったスチームミルクがエスプレッソの上にきれいに注がれていく。

その後、ルシアンは細長いピックを手に取ると楽しそうに不思議な模様を描いた。

看板猫（？）のクロードにかけていつもは猫が多いのだが、今日は初めて見る模様である。

「このアートって何でしょうか……？　記号？　なんだか家紋のようにも見えますね……？」

問い掛ければ、ルシアンはさわやかに微笑んだ。

「エステルの紋章だ。結婚はまだだしいつ使える日が来るのかも不明だけど、婚約は済んでるしさっさと作らせた。問題ないよね？」

「⁉　問題大ありです……っ！」

少し前まで冷酷と評判だった王子様に帰ってきてほしい。

けれど、カフェの客たちはお目当ての会話が見られたようで、盛り上がっている様子だ。

「きゃあ！　クールなルシアン様がエステル様に愛を囁いているところを見てしまったわ……！」

「鼻血出そう」

「あんなにまっすぐに好きだって言ってくれるなんて素敵よねえ。あーあ、私も彼氏ほしくなっちゃった」

「なんか、ルシアン様を見た後でその辺の男を相手できないっていう声も聞くけど……実際に目前にしたら逆よね逆。完璧な王子様を見てしまうと。むしろ自分にぴったりの男に目が行くようになるっていうか。つまり彼氏できそう」

「わかる。ルシアン様級のイケメンとお付き合いしたいっていうなら、自分はエステル様なのかっていう疑問が湧いてくるもの」

皆が好き勝手にいうのを聞きながら、エステルは気まずさに背中を丸める。

（ルシアン様の本音がだだ漏れなのにはすっかり慣れたけれど……人前では本当にやめてほしい）

そんなエステルの心中を気にすることなく、ルシアンは出来上がったラテアートを手にホールへと出て行った。

エステル以外の女性にはあまり愛想が良くないルシアンだが、カフェの客となると別らしい。

ルシアンが向かった先のテーブルからは悲鳴が聞こえてくる。

恥ずかしさでちょっと涙目になっているエステルに、テーブルの片付けを終えたクロードが近づいてきて小声で教えてくれた。

「ここって、一部の女子のあいだで『王子様カフェ』の別名でも呼ばれてるらしいぞ。まぁ、たしかに王子様カフェだよな。そのまんま、おもしれー」

「…………」

（もう……！　カフェにたくさんの人が来てくれるのはありがたいことだけれど、これ以上話題になっては第二王子であるルシアン様の評判が落ちてしまうかもしれないわ）

ちょっとこれは話し合いが必要なようである。

すっかり日が暮れたその日の営業終了後。

カフェの片付けを終えたエステルは、夕食代わりのキッシュとチーズを手に二階の自室スペースへと上がった。

もちろんルシアンも一緒だが、クロードは猫の姿に戻るとカフェのカウンターで眠ってしまった。

ということで、二人きりである。

テラスに置いた低いテーブルに晩餐のメニューを並べ外用のソファに腰を下ろすと、エステルはおずおずと切り出した。

「ルシアン様。カフェのお手伝いをしてくれるのはありがたいですが、ルシアン様は特別な方です。それにその……あまり、かわいいとかそういうことをお客様の前で言われると困ります」

「何だか今日は怒ってると思ったらそのことだったのか」

「怒っているわけでは……でも、ここは私のカフェですし。本来と違うところで話題になるのは少し違うと思うんです」

真剣に訴えれば、ルシアンは湖の底のような青く美しい瞳に陰を落とした。

「エステルは難しいことを言うな」

「ごめんなさ」

「俺に、エステルのことを考えるなってことでしょ？　それは無理だよ」

「あっ待ってくだ」

これはまずいと思ったが、一足遅かった。

そこからはいつも通り、ルシアンの心の声がありのままに聞こえてくる。

「でも、そんなふうに考える慎み深いエステルがかわいい。恥ずかしそうな顔をしているところもかわいい。一応、人に聞かれても大丈夫なように意識して『かわいい』だけを考えるようにしているんだが、それだけじゃだめか？」

（ルシアン様はこういうところがずるいと思うの……！）

さすが頭がよく切れ、能力に定評があるルシアンは『本音だだ漏れ』の使い方をすっかりマスターしているようだった。

呪い返しが解けていなくても、どんな類の本音を聞かせるのかきちんとコントロールしているらしい。

けれど、いくらコントロールされているといっても、まともにかわいい好きだ愛しているのコンボをくらえばエステルは赤くなってしまう。

今日もしっかり隣で本音を聞いてしまったエステルは、両手でぴったりと顔を覆った。

「ルシアン様。こうして二人ならまだいいんです。でも、誰かの見せ物になるのは本当に無理です。これは私だけじゃなく、ルシアン様のためでもあって」

「うーん。善処するけど、つまり二人ならいくらでも好きって言っていいって？　それはそれで良くないな」

「だ、だってそれは我慢できないんですよね⁉」

「まぁ、そうだけど……。たとえば」

ソファの隣に座っているルシアンが動く気配がして、顔を覆っていたエステルの両手が掴まれ、半ば無理やりに視界が開けた。

当然、そこにはルシアンの顔がある。

整った顔立ちに、精悍なまなざし。そうして、エステルをまっすぐに見つめている。

息がかかりそうな距離に心臓が跳ねて、思考回路が停止した。

「エステルに好きだって言って止められることがなくなったら、こういうことが抑えられなくなるけど大丈夫？」

そうして、ルシアンの手はエステルの頬に触れる。

片手で優しく頬を撫でた後、親指が唇に伸びた。

「！　ル、ルシアン様……」

びっくりして座ったまま後ずさろうと思ったものの、あいにくソファのクッションの間にはまってしまって身動きが取れない。

無理に逃げようとすれば、このソファに横たわってしまいそうだ。

そう思って固まっていると、ルシアンの顔が近づいてくる。

見つめあって数秒後、このままキスされる、と思ったところでなぜかルシアンはパッとエステルの頬から手を離した。

そうして気まずそうに目を泳がせると、さりげなくさっきまで座っていた位置に戻る。

（？　ルシアン様……？）

エステルとルシアンは、一応婚約者であり恋人同士だ。

キスをしたことは何度もあるはずだったのだが、どうしたのだろうか。

ホッとして息を整えつつ、首を傾げたエステルにルシアンが告げてくる。

「ここでこのままキスするのはよくないなと思って。後ろがソファだしこのままエステルを抱きしめ――」

「は、はい？」

「……」

聞き返せば、ルシアンは完璧な笑みを浮かべたまま何も言わず顔を紫色に染めた。

どうやら隠したい本音があるらしい。

けれど、顔色が明らかに悪すぎる。

「ルシアン様⁉　大丈夫ですか⁉　二人きりなのでどんな本音も大丈夫です！　死にそうになるぐらいならお話ししてください」

「……嫌だ。絶対に……聞かせたく……な、い」

あいにく、ツッコミ兼、介抱役のクロードは階下で眠っている。

ということでルシアンはそのままソファに沈むことになってしまったのだった。

ルシアンの顔色が元に戻ったのは深夜になってからのこと。

ぐったりとソファに横たわるルシアンに、エステルはハーブティーを差し出す。

「すっかり良さそうですね。今日はもう余計なことは考えないでください」

「ああ。呼吸が楽になったばかりなのに、また同じことを繰り返してたまるか。……あ、おいしいな」

「ふふっ。これはリラックス効果があるハーブティーです。ルシアン様が本音を我慢したとき用にブレンドしてみました」

「俺のためのハーブティーか」

「はい。これはカフェで出す予定はありません」

「………ありがとう」

いつもとは少し違う声色で返された。

ルシアンを見ると、彼は心底うれしそうにハーブティーのカップを見つめている。

その姿を見ていたら、自分だけが本音を言わないのは何だかフェアではないような気分になってくる。

「……ルシアン様、私のカフェのお手伝いなんてして、無理をしていませんか？」

「全然。むしろものすごく楽しいな」

「……」

包み隠さない本音に安堵したものの、ここで終わってはいけない。

エステルも『恥ずかしい』で隠してきた本音を告げる。

「ルシアン様はこの国の王子様なんです。民のためにあなたしかできないことで身を削ることはあっても、カフェラテを淹れてトレーを運ぶのは褒められたことでは、」

「？　身を削り心を尽くし、時にはカフェラテを淹れることがあるのは、民のためじゃない。元を辿れば、全部エステルのためだ。そしてエステルの幸せそうな顔が見たい俺のためでもある。何の問題がある？」

まるで、ずっと前から答えが決まりきっていたかのようだった。

あまりにもさらりと告げられて、エステルは手にしていたクッションをぎゅっと抱きしめた。

（そんなことを言われたら……止めてって言えなくなってしまうわ）

見透かしたように、ルシアンは隣から手を伸ばしエステルの髪を撫でる。

その仕草にどきりとしてまた熱くなりはじめた頬を、真夜中の気持ちいい夜風が冷やしていく。

エステルは婚約者の振る舞いを窘めるはずが、すっかり絆されてしまったのだった。

ということで、王都で大人気の王子様カフェはまだまだ続きそうである。

あとがき

はじめましての方もお久しぶりですの方もこんにちは！

一分咲といいます。

この度は『顔だけ聖女なのに、死に戻ったら冷酷だった公爵様の本音が甘すぎます！』をお手に取ってくださりありがとうございます。


本作はＷＥＢに投稿していた作品をもとに書籍化していただいたものです。

連載中から応援してくださった皆様のおかげでこうして素敵な一冊の本になり、とっても幸せです。本当にありがとうございます！

このお話は『死に戻りの復讐もの』と見せかけて、実際は主人公の前でヒーローの本音がそのまま口から出るようになってしまうという、何ともかわいそうなコメディです。

ヒーローが普段はクールに振る舞っているルシアンだったこともあり、お話が進むにつれてどんどん増していくヤケクソさが書いていてとっても楽しかったです。

そして、書籍化のことをお話しするにあたって、外せないのが美麗なイラスト！　儚くかわいらしく守ってあげたいエステルと、ほんっとうにキラキラ王子様なルシアンをご覧になりましたか？

キャラデザからもうずっと最高で、幸せでした。爽やかなカバーイラストを見て悲鳴をあげ、繊細で美しすぎる口絵を見て息を呑みました。素敵なイラストを描いてくださった八美☆わん先生に感謝を申し上げます。

また、もし『顔だけ聖女』をお楽しみいただけたら、お手紙やマシュマロで感想をいただけると私がものすごく元気になります！　一言でもうれしいので、ぜひ。

最後になりましたが、本作に関わってくださったすべての皆さまにお礼を申し上げます。

読者さま、いろいろご尽力くださった担当編集さま、本作を支えてくださっている皆さま、本当にありがとうございます。

一巻が終わった時点で、まだルシアンにかかった呪いは解けていません。

かわいいのでこのままずっと解けなくてもいいかもしれない……と酷いことを思いつつ、二人のこの先を一緒に見守っていただけるとうれしいです。

またお会いできることを願って。

一分咲

本書に対するご意見、ご感想をお寄せください。

あて先

〒162-8540 東京都新宿区東五軒町3-28
双葉社　Mノベルスｆ編集部
「一分咲先生」係／「八美☆わん先生」係
もしくは monster@futabasha.co.jp まで

ノベルス

顔《かお》だけ聖女《せいじょ》なのに、死《し》に戻《もど》ったら冷酷《れいこく》だった公爵様《こうしやくさま》の本音《ほんね》が甘《あま》すぎます！

2023年8月13日　第1刷発行

著　者　一分咲《いちぶさき》

発行者　島野浩二

発行所　株式会社双葉社
〒162-8540　東京都新宿区東五軒町3番28号
[電話] 03-5261-4818（営業）　03-5261-4851（編集）
http://www.futabasha.co.jp/（双葉社の書籍・コミック・ムックが買えます）

印刷・製本所　三晃印刷株式会社

[電話] 03-5261-4822（製作部）
ISBN 978-4-575-24634-6 C0093

Mノベルス

彩戸ゆめ
画 すがはら竜
真実の愛を
見つけたと言われて
婚約破棄されたので、
復縁を迫られても
今さら
もう遅いです！
ある日突然マリアベルは「真実の愛を見つけた」という婚約者のエドワードから婚約破棄されてしまう。新しい婚約者のアネットは平民で、エドワード直々に「君は誰よりも完璧な淑女だから」と、マリアベルは教育係を頼まれてしまう。教育係を断った後、マリアベルには別の縁談が持ち上がる。だがそれを知ったエドワードがなぜか復縁を迫ってきて……。

発行・株式会社　双葉社

Mノベルス

淑女の鑑やめました。
時を逆行した公爵令嬢は、
わがままな妹に振り回されないよう
性格悪く生き延びます！
1
加糸
illust. 月戸
『お姉様、死んでちょうだい』。異母妹・ミュリエルにはめられ、姉クリスティナは無念の死を遂げた!? しかし目覚めるとそこは三年前の世界。クリスティナは、国境付近で起きる謎の事件解明に動く許嫁の第二王子イリルと手を取り合って反撃を開始！ これからは淑女の鑑ではなく性格悪く生き延びてやるわ！ 『小説家になろう』発大人気ファンタジー第一弾。

発行・株式会社　双葉社

Mノベルス

転生先で捨てられたので、
もふもふ達とお料理します
～お飾り王妃はマイペースに最強です～
桜井悠
illust.凪かすみ

王太子に婚約破棄され捨てられた瞬間、公爵令嬢レティーシアは料理好きOLだった前世を思い出す。国外追放も同然に女嫌いで有名な銀狼王グレンリードの元へお飾りの王妃として赴くことになった彼女は、もふもふ達に囲まれた離宮で、マイペースな毎日を過ごす。だがある日、美しい銀の狼と出会い餌付けして以来、グレンリードの態度が徐々に変化していき……。コミカライズ決定！　料理を愛する悪役令嬢のもふもふスローライフ、ここに開幕！

発行・株式会社　双葉社